C.

CONSUELO.

OUVRAGES
SOUS PRESSE.

LES BRODEUSES DE LA REINE, par Ernest Alby, 2 vol. in-8.

LA REINE DES VOLEURS, par Jules A. David, 2 vol. in-8.

ANDRÉ LE VENDÉEN, par Madame Mélanie Waldor, 2 vol. in-8,

SOUVENIRS INTIMES DU COMTE DE MESNARD, premier écuyer de la duchesse de Berry, recueillis et publiés par Madame Mélanie Waldor, 3 vol. in-8.

LE MENTON D'OR, par S. Henry Berthoud, 2 vol. in-8.

LES TROIS ARISTOCRATIES, par Touchard-Lafosse, 2 v. in-8.

L'ENFANT SANS MÈRE, par S. Henry Berthoud, 2 v. in-8.

LE PROLÉTAIRE, publié par George Sand.

UN ROMAN INÉDIT DE M. KERATRY, 2 vol. in-8.

LAGNY. — Imprimerie de Giroux et Vialat.

CONSUELO

PAR

GEORGE SAND.

Tome Deuxième.

PARIS.

L. DE POTTER, LIBRAIRE-ÉDITEUR

ACQUÉREUR DU CABINET LITTERAIRE,
Colllection universelle des meilleurs Romans modernes.
Rue Saint-Jacques, 38.

—

1842.

1

Encouragé par la franchise de Consuelo et la perfidie de Corilla qui le pressait de se faire entendre encore en public, Anzoleto se mit à travailler avec ard ur; et à la seconde représentation d'*Ipermnestre*, il chanta beaucoup plus purement son premier acte. On

lui en sut gré. Mais, comme le succès de Consuelo grandit en proportion, il ne fut pas satisfait du sien, et commença à se sentir dé-
moralisé par cette nouvelle constatation de
son infériorité. Dès ce moment, tout prit à
ses yeux un aspect sinistre. Il lui sembla
qu'on ne l'écoutait pas, que les spectateurs
placés près de lui murmuraient des réflexions humiliantes sur son compte, et que
les amateurs bienveillants qui l'encoura-
geaient dans les coulisses avaient l'air de le
plaindre profondément. Tous leurs éloges
eurent pour lui un double sens dont il s'ap-
pliqua le plus mauvais. La Corilla, qu'il alla
consulter dans sa loge durant l'entr'acte, affecta de lui demander d'un air affrayé s'il
n'était pas malade.

— Pourquoi? lui dit-il avec impatience.

— Parce que ta voix est sourde aujour-
d'hui, et que tu sembles accablé! Cher Anzo-

leto, reprends courage; donne tes moyens qui sont paralysés par la crainte ou le découragement.

— N'ai-je pas bien dit mon premier air?

— Pas à beaucoup près aussi bien que la première fois. J'en ai eu le cœur si serré que j'ai failli me trouver mal.

— Mais on m'a applaudi, pourtant?

— Hélas!... n'importe : j'ai tort de t'ôter l'illusion. Continue... Seulement tâche de dérouiller ta voix.

— Consuelo, pensa-t-il, a cru me donner un conseil. Elle agit d'instinct, et réussit pour son propre compte. Mais où aurait-elle pris l'expérience de m'enseigner à dominer ce public récalcitrant? En suivant la direction qu'elle me donne, je perds mes avantages, et on ne me tient pas compte de l'amélioration de ma manière. Voyons! revenons à mon audace première. N'ai-je pas éprouvé, à mon début chez le comte, que je pouvais éblouir même ceux que je ne persuadais pas? Le vieux Porpora ne m'a-t-il pas dit que j'avais les taches du génie? Allons donc! que ce public subisse mes taches et qu'il plie sous mon génie.

Il se battit les flancs, fit des prodiges au second acte, et fut écouté avec surprise. Quelques-uns battirent des mains, d'autres imposèrent silence aux applaudissements. Le public en masse se demanda si cela était sublime ou détestable.

Encore un peu d'audace, et peut-être qu'Anzoleto l'emportait. Mais cet échec le troubla au point que sa tête s'égara, et qu'il manqua honteusement tout le reste de son rôle.

A la troisième représentation il avait repris son courage, et, résolu d'aller à sa gu se sans écouter les conseils de Consuelo, il basarda les plus étranges caprices, les bizarreries les plus impertinentes. O honte ! deux ou trois sifflets interrompirent le silence qui ac cueillait ces tentatives désespérées. Le bon et généreux public fit taire les sifflets et se mit à battre des mains ; il n'y avait pas moyen de s'abuser sur cette bienveillance envers la personne et sur ce blâme envers l'artiste. Anzoleto déchira son costume en rentrant dans sa loge, et, à peine la pièce finie, il courut s'enfermer avec la Corilla, en proie à une rage profonde et déterminé à fuir avec elle au bout de la terre.

Trois jours s'écoulèrent sans qu'il revît Consuelo. Elle lui inspirait non pas de la haine, non pas du refroidissement (au fond de son âme bourrelée de remords, il la ché rissait toujours et souffrait mortellement de ne pas la voir), mais une véritable terreur. Il sentait la domination de cet être qui l'é-

crasait en public de toute sa grandeur, et qui
en secret reprenait à son gré possession de
sa confiance et de sa volonté. Dans son agitation il n'eut pas la force de cacher à la Corilla combien il était attaché à sa noble fiancée, et combien elle avait encore d'empire
sur ses convictions. La Corilla en conçut un
dépit amer, qu'elle eut la force de dissimuler. Elle le plaignit, le confessa ; et quand
elle sut le secret de sa jalousie, elle frappa
un grand coup en faisant savoir sous main
à Zustiniani sa propre intimité avec Anzoleto,
pensant bien que le comte ne perdrait pas
une si belle occasion d'en instruire l'objet de
ses désirs, et de rendre à Anzoleto le retour
impossible.

Surprise de voir un jour entier s'écouler
dans la solitude de sa mansarde, Consuelo
s'inquiéta ; et le lendemain d'un nouveau
jour d'attente vaine et d'angoisse mortelle,

à la nuit tombante, elle s'enveloppa d'une mante épaisse (car la cantatrice célèbre n'était plus garantie par son obscurité contre les méchants propos), et courut à la maison qu'occupait Anzoleto depuis quelques semaines, logement plus convenable que les précédents, et que le comte lui avait assigné dans une des nombreuses maisons qu'il possédait dans la ville. Elle ne l'y trouva point, et apprit qu'il y passait rarement la nuit.

Cette circonstance ne l'éclaira pas sur son infidélité. Elle connaissait ses habitudes de vagabondage poétique, et pensa que, ne pouvant s'habituer à ces somptueuses demeures, il retournait à quelqu'un de ses anciens gîtes. Elle allait se hasarder à l'y chercher, lorsqu'en se retournant pour repasser la porte, elle se trouva face à face avec maître Porpora.

— Consuelo, lui dit-il à voix basse, il est inutile de me cacher tes traits; je viens d'en-

tendre ta voix, et ne puis m'y méprendre.
Que viens-tu faire ici, à cette heure, ma pauvre enfant, et que cherches-tu dans cette
maison ?

— J'y cherche mon fiancé, répondit Consuelo en s'attachant au bras de son vieux
maître. Et je ne sais pas pourquoi je rougi-
rais de l'avouer à mon meilleur ami. Je sais
bien que vous blâmez mon attachement pour
lui ; mais je ne saurais vous faire un mensonge. Je suis inquiète. Je n'ai pas vu Anzoleto depuis avant-hier au théâtre. Je le crois
malade.

— Malade ? lui ! dit le professeur en haus-
sant les épaules. Viens avec moi, pauvre
fille ; il faut que nous causions ; et puisque
tu prends enfin le parti de m'ouvrir ton
cœur, il faut que je t'ouvre le mien aussi.
Donne-moi le bras, nous parlerons en mar-
chant. Ecoute, Consuelo, et pénètre-toi bien

de ce que je vais te dire. Tu ne peux pas, tu
ne dois pas être la femme de ce jeune
homme. Je te le défends, au nom du Dieu
vivant qui m'a donné pour toi des entrailles
de père.

—O mon maître! répondit-elle avec douleur, demandez-moi le sacrifice de ma vie,
mais non celui de mon amour.

— Je ne le demande pas, je l'exige, répondit le Porpora avec fermeté. Cet amant
est maudit. Il fera ton tourment et ta honte
si tu ne l'abjures à l'instant même.

— Cher maître, reprit-elle avec un sourire
triste et caressant, vous m'avez dit cela bien
souvent; mais j'ai vainement essayé de vous
obéir. Vous haïssez ce pauvre enfant. Vous
ne le connaissez pas, et je suis certaine que
vous reviendrez de vos préventions.

— Consuelo, dit le maëstro avec plus de
force, je t'ai fait jusqu'ici d'assez vaines ob

jections et de très inutiles défenses, je le sais.
Je t'ai parlé en artiste, et comme à une artiste ; je ne voyais non plus dans ton fiancé
que l'artiste. Aujourd'hui, je te parle en
homme, et je te parle d'un homme, et je te
parle comme à une femme. Cette femme a
mal placé son amour, cet homme en est indigne, et l'homme qui te le dit en est certain.

— O mon Dieu ! Anzoleto indigne de mon
amour ! Lui, mon seul ami, mon protecteur,
mon frère ! Ah ! vous ne savez pas comme il
m'a aidée et comme il m'a respectée depuis
que je suis au monde ! Il faut que je vous le
dise. Et Consuelo raconta toute l'histoire de
sa vie et de son amour, qui était une seule
et même histoire.

Le Porpora en fut ému, mais non ébranlé.

— Dans tout ceci, dit-il, je ne vois que ton
innocence, ta fidélité, ta vertu. Quant à lui,

je vois bien le besoin qu'il a eu de ta société
et de tes enseignements, auxquels, bien que
tu en penses, je sais qu'il doit le peu qu'il sait
et le peu qu'il vaut; mais il n'en est pas
moins vrai que cet amant si chaste et si pur
n'est que le rebut de toutes les femmes per-
dues de Venise, qu'il apaise l'ardeur des
feux que tu lui inspires dans les maisons de
débauche, et qu'il ne songe qu'à t'exploiter,
tandis qu'il assouvit ailleurs ses honteuses
passions.

— Prenez garde à ce que vous dites, répondit Consuelo d'une voix étouffée; j'ai coutume de croire en vous comme en Dieu, ô
mon maître ! Mais en ce qui concerne Anzoleto, j'ai résolu de vous fermer mes oreilles
et mon cœur... Ah ! laissez-moi vous quitter,
ajouta-t-elle en essayant de détacher son
bras de celui du professeur, vous me donnez
la mort.

— Je veux donner la mort à ta passion
funeste, et par la vérité je veux te rendre à
la vie, répondit-il en serrant le bras de l'enfant contre sa poitrine généreuse et indi-
gnée. Je sais que je suis rude, Consuelo. Je
ne sais pas être autrement, et c'est à cause
de cela que j'ai retardé, tant que je l'ai pu, le
coup que je vais te porter. J'ai espéré que tu
ouvrirais les yeux, que tu comprendrais ce
qui se passe autour de toi. Mais au lieu de
t'éclairer par l'expérience, tu te lances en
aveugle au milieu des abîmes. Je ne veux pas
t'y laisser tomber, moi! Tu es le seul être
que j'aie estimé depuis dix ans. Il ne faut pas
que tu périsses, non, il ne le faut pas.

— Mais, mon ami, je ne suis pas en danger. Croyez-vous que je mente quand je vous
jure, par tout ce qu'il y a de sacré, que j'ai
respecté le serment fait au lit de mort de ma
mère? Anzoleto le respecte aussi. Je ne suis

pas encore sa femme, je ne suis donc pas sa maîtresse.

— Mais qu'il dise un mot, et tu seras l'une et l'autre !

— Ma mère elle-même nous l'a fait promettre.

— Et tu venais cependant ce soir trouver cet homme qui ne veut pas et qui ne peut pas être ton mari?

— Qui vous l'a dit?

— La Corilla lui permettrait-elle jamais de...

— La Corilla? Qu'y a-t-il de commun entre lui et la Corilla?

— Nous sommes à deux pas de la demeure de cette fille... Tu cherchais ton fiancé.,. allons l'y trouver. T'en sens-tu le courage?

— Non! non! mille fois non ! répondit Consuelo en fléchissant dans sa marche et en s'appuyant contre la muraille. Laissez-moi la

vie, mon maître ; ne me tuez pas avant que
j'aie vécu. Je vous dis que vous me faites
mourir.

—Il faut que tu boives ce calice, reprit
l'inexorable vieillard ; je fais ici le rôle du
destin. N'ayant jamais fait que des ingrats et
par conséquent des malheureux par ma tendresse et ma mansuétude, il faut que je dise
la vérité à ceux que j'aime. C'est le seul bien
que puisse opérer un cœur desséché par le
malheur et pétrifié par la souffrance. Je te
plains, ma pauvre fille, de n'avoir pas un
ami plus doux et plus humain pour te soute-
nir dans cette crise fatale. Mais tel que l'on
m'a fait, il faut que j'agisse sur les autres et
que j'éclaire par le rayonnement de la foudre,
ne pouvant vivifier par la chaleur du soleil.
Ainsi donc, Consuelo, pas de faiblesse entre
nous. Viens à ce palais. Je veux que tu sur-
prennes ton amant dans les bras de l'impure

Corilla. Si tu ne peux pas marcher, je te traînerai. Si tu tombes, je te porterai ! Ah ! le vieux Porpora est robuste encore, quand le feu de la colère divine brûle dans ses entrailles !

— Grâce ! grâce ! s'écria Consuelo plus pâle que la mort. Laissez-moi douter encore... Donnez-moi encore un jour, un seul jour pour croire en lui ; je ne suis pas préparée à ce supplice...

— Non, pas un jour, pas une heure, répondit-il d'un ton inflexible ; car cette heure qui s'écoule, je ne la retrouverai pas pour te mettre la vérité sous les yeux ; et ce jour que tu demandes, l'infâme en profiterait pour te remettre sous le joug du mensonge. Tu viendras avec moi ; je te l'ordonne, je le veux.

— Eh bien, oui ! j'irai, dit Consuelo en reprenant sa force par une violente réaction de l'amour. J'irai avec vous pour constater votre injustice et la foi de mon amant ; car vous vous trompez indignement, et vous voulez que je me trompe avec vous ! Allez donc, bourreau que vous êtes ! Je vous suis, et je ne vous crains pas.

Le Porpora la prit au mot ; et, saisissant son bras dans sa main nerveuse, forte comme une pince de fer, il la conduisit dans la maison qu'il habitait, où, après lui avoir fait parcourir tous les corridors et monter tous les escaliers, il lui fit atteindre une terrasse supérieure, d'où l'on distinguait, au-dessus d'une maison plus basse, complètement inhabitée, le palais de la Corilla, sombre du bas en haut, à l'exception d'une seule fenêtre qui était éclairée et ouverte sur la façade noire et silencieuse de la maison déserte. Il semblait, de cette fenêtre, qu'on ne pût être aperçu de nulle part ; car un balcon avancé empêchait que d'en bas on pût rien distinguer. De niveau, il n'y avait rien, et au dessus seulement les combles de la maison qu'habitait le Porpora, et qui n'était pas tournée de façon à pouvoir plonger dans le palais de la cantatrice. Mais la Corilla ignorait qu'à l'angle de ces combles il y avait un rebord festonné de plomb, une sorte de niche en plein air, où, derrière un large tuyau de cheminée, le maestro, par un caprice d'artiste, venait chaque soir regarder les étoiles, fuir ses semblables, et rêver à ses sujets sacrés ou dramatiques. Le hasard lui avait fait ainsi découvrir le mystère des amours d'Anzoleto, et Consuelo n'eut qu'à regarder dans la direction qu'il lui donnait, pour voir son amant auprès de sa rivale dans un voluptueux tête-à-tête. Elle se détourna aussitôt; et le Porpora qui, dans la crainte de quelque vertige de désespoir, la tenait avec une force

surhumaine, la ramena à l'étage inférieur et
la fit entrer dans son cabinet, dont il ferma
la porte et la fenêtre pour ensevelir dans le
mystère l'explosion qu'il prévoyait.

2

Mais il n'y eut point d'explosion. Consuelo resta muette et attérée. Le Porpora lui adressa la parole. Elle ne répondit pas, et lui fit signe de ne pas l'interroger; puis elle se leva, alla boire, à grands verres, toute une carafe d'eau glacée qui était sur le clavecin.

fit quelques tours dans la chambre, et revint s'asseoir en face de son maître sans dire une parole.

Le vieillard austère ne comprit pas la profondeur de sa souffrance. — Eh bien, lui dit-il, t'avais-je trompée? Que penses-tu faire maintenant?

Un frisson douloureux ébranla la statue; et après avoir passé la main sur son front : Je pense ne rien faire, dit-elle, avant d'avoir compris ce qui m'arrive.

— Et que te reste-t-il à comprendre?

— Tout! car je ne comprends rien; et vous me voyez occupée à chercher la cause de mon malheur, sans rien trouver qui me l'explique. Quel mal ai-je fait à Anzoleto pour qu'il ne m'aime plus! Quelle faute ai-je commise qui m'ait rendue méprisable à ses yeux? Vous ne pouvez pas me le dire, vous! puisque moi qui lis dans ma propre conscience, je

n'y vois rien qui me donne la clef de ce mystère. Oh! c'est un prodige inconcevable! Ma
mère croyait à la puissance des philtres :
cette Corilla serait-elle une magicienne?

— Pauvre enfant! dit le maestro; il y a
bien ici une magicienne, mais elle s'appelle
Vanité; il y a bien un poison, mais il s'ap-
delle Envie. La Corilla a pu le verser, mais ce
n'est pas elle qui a pétri cette âme si propre
à le recevoir. Le venin coulait déjà dans les
veines impures d'Anzoleto. Une dose de plus
l'a rendu traître, de fourbe qu'il était; infidèle, d'ingrat qu'il a toujours été.

— Quelle vanité, quelle envie?

— La vanité de surpasser tous les autres,
l'envie de te surpasser, la rage d'être sur-
passé par toi.

— Cela est-il croyable? Un homme peut-il
être jaloux des avantages d'une femme? Un
amant peut-il haïr le succès de son amante?

Il y a donc bien des choses que je ne sais pas,
et que je ne puis pas comprendre!

— Tu ne les comprendras jamais; mais tu
les constateras à toute heure de ta vie. Tu
sauras qu'un homme peut être jaloux des
avantages d'une femme, quand cet homme
est un artiste vaniteux; et qu'un amant peut
haïr les succès de son amante, quand le
théâtre est le milieu où ils vivent. C'est qu'un
comédien n'est pas un homme, Consuelo;
c'est une femme. Il ne vit que de vanité ma-
ladive; il ne songe qu'à satisfaire sa vanité;
il ne travaille que pour s'enivrer de vanité.
La beauté d'une femme lui fait du tort. Le
talent d'une femme efface ou conteste le sien.
Une femme est son rival, ou plutôt il est la
rivale d'une femme; il a toutes les petitesses,
tous les caprices, toutes les exigences, tous
les ridicules d'une coquette. Voilà le caractère de la plupart des hommes de théâtre. Il

y a de grandes exceptions ; elles sont si rares, elles sont si méritoires, qu'il faut se prosterner devant elles, et leur faire plus d'honneur qu'aux docteurs les plus sages. Anzoleto n'est point une exception ; parmi les vaniteux, c'est un des plus vaniteux : voilà tout le secret de sa conduite.

— Mais quelle vengeance incompréhensible ! mais quels moyens pauvres et inefficaces ! En quoi la Corilla peut-elle le dédommager de ses mécomptes auprès du public ? S'il m'eût dit franchement sa souffrance.... (ah ! il ne fallait qu'un mot pour cela !) je l'aurais comprise, peut-être ; du moins j'y aurais compati ; je me serais effacée pour lui faire place.

— Le propre des âmes envieuses est de haïr les gens en raison du bonheur qu'ils leur dérobent. Et le propre de l'amour, hélas ! n'est-il pas de détester, dans l'objet qu'on

aime, les plaisirs qu'on ne lui procure pas?
Tandis que ton amant abhorre le public qui te
comble de gloire, ne hais-tu pas la rivale qui
l'enivre de plaisirs?

— Vous dites là, mon maître, une chose
profonde et à laquelle je veux réfléchir.

— C'est une chose vraie. En même temps
qu'Anzoleto te hait pour ton bonheur sur la
scène, tu le hais pour ses voluptés dans le
boudoir de la Corilla.

— Cela n'est pas. Je ne saurais le haïr, et
vous me faites comprendre qu'il serait lâche
et honteux de haïr ma rivale. Reste donc ce
plaisir dont elle l'enivre et auquel je ne puis
songer sans frémir. Mais pourquoi? je l'i-
gnore. Si c'est un crime involontaire, Anzoleto n'est donc pas si coupable de haïr mon
triomphe.

— Tu es prompte à interpréter les choses
de manière à excuser sa conduite et ses senti-

ments. Non, Anzoleto n'est pas innocent et
respectable comme toi dans sa souffrance.
Il te trompe, il t'avilit, tandis que tu t'effor-
ces de le réhabiliter. Au reste, ce n'est pas la
haine et le ressentiment que j'ai voulu t'inspirer; c'est le calme et l'indifférence. Le caractère de cet homme entraine les actions
de sa vie. Jamais tu ne le changeras. Prends
ton parti et songe à toi-même.

— A moi-même! c'est-à-dire à moi seule?
à moi sans espoir et sans amour?

— Songe à la musique, à l'art divin, Consuelo; oserais-tu dire que tu ne l'aimes que
pour Anzoleto?

— J'ai aimé l'art pour lui-même aussi;
mais je n'avais jamais séparé dans ma pensée ces deux choses indivisibles : ma vie et
celle d'Anzoleto. Et je ne vois pas comment
il restera quelque chose de moi pour aimer

quelque chose, quand la moitié nécessaire
de ma vie me sera enlevée.

— Anzoleto n'était pour toi qu'une idée,
et cette idée te faisait vivre. Tu la rempla-
ceras par une idée plus grande, plus pure et
plus vivifiante. Ton âme, ton génie, ton être
enfin ne sera plus à la merci d'une forme
fragile et trompeuse ; tu contempleras l'idéal
sublime dépouillé de ce voile terrestre ; tu
t'élanceras dans le ciel, et tu vivras d'un
hymen sacré avec Dieu même.

— Voulez-vous dire que je me ferai religieuse, comme vous m'y avez engagé autrefois?

— Non, ce serait borner l'exercice de tes
facultés d'artiste à un seul genre, et tu dois
les embrasser tous. Quoi que tu fasses et où
que tu sois, au théâtre comme dans le cloî-
tre, tu peux être une sainte, une vierge céleste, la fiancée de l'idéal sacré.

— Ce que vous dites présente un sens sublime entouré de figures mystérieuses. Laissez-moi me retirer, mon maître. J'ai besoin
de me recueillir et de me connaître.

— Tu as dit le mot, Consuelo ; tu as besoin de te connaître. Jusqu'ici tu t'es mécon-
nue, en livrant ton âme et ton avenir à un
être inférieur à toi dans tous les sens. Tu as
méconnu ta destinée, en ne voyant pas que
tu es née sans égal, et par conséquent sans
associé possible en ce monde. Il te faut la
solitude, la liberté absolue. Je ne te veux ni
mari, ni amant, ni famille, ni passions, ni
liens d'aucune sorte. C'est ainsi que j'ai toujours conçu ton existence et compris ta carrière. Le jour où tu te donneras à un mor-
tel, tu perdras ta divinité. Ah! si la Mingotti
et la Molteni, mes illustres élèves, mes puis-
santes créations, avaient voulu me croire,
elles auraient vécu sans rivales sur la terre.

Mais la femme est faible et curieuse; la vanité l'aveugle, de vains désirs l'agitent, le caprice l'entraîne. Qu'ont-elles recueilli de
leur inquiétude satisfaite? des orages, de la
fatigue, la perte ou l'altération de leur génie.
Ne voudras-tu pas être plus qu'elles, Consuelo? n'auras-tu pas une ambition supérieure à tous les faux biens de cette vie? ne
voudras-tu pas éteindre les vains besoins de
ton cœur pour saisir la plus belle couronne
qui ait jamais servi d'auréole au génie?

Le Porpora parla encore longtemps, mais
avec une énergie et une éloquence que je ne
saurais vous rendre. Consuelo l'écouta, la
tête penchée et les yeux attachés à la terre.
Quand il eut tout dit : — Mon maître, lui
répondit-elle, vous êtes grand; mais je ne le
suis pas assez pour vous comprendre. Il me
semble que vous outragez la nature humaine
en proscrivant ses plus nobles passions. Il

me semble que vous étouffez les instincts
que Dieu même nous a donnés pour faire
une sorte de déification d'un égoïsme monstrueux et antihumain. Peut-être vous com-
prendrais-je mieux si j'étais plus chrétienne :
je tâcherai de le devenir ; voilà ce que je puis
vous promettre.

Elle se retira tranquille en apparence,
mais dévorée au fond de l'âme. Le grand et
sauvage artiste la reconduisit jusque chez
elle, l'endoctrinant toujours, sans pouvoir
la convaincre. Il lui fit du bien cependant, en
ouvrant à sa pensée un vaste champ de méditations profondes et sérieuses, au milieu
desquelles le crime d'Anzoleto vint s'abîmer
comme un fait particulier servant d'intro-
duction douloureuse, mais solennelle, à des
rêveries infinies. Elle passa de longues heures à prier, à pleurer et à réfléchir ; et puis
elle s'endormit avec la conscience de sa

vertu, et l'espérance en un Dieu initiateur et secourable.

Le lendemain Porpora vint lui annoncer qu'il y aurait répétition d'*Ipermnestre* pour Stefanini, qui prenait le rôle d'Anzoleto. Ce dernier était malade, gardait le lit et se plaignait d'une extinction de voix. Le premier mouvement de Consuelo fut de courir chez lui pour le soigner. — Épargne-toi cette peine, lui dit le professeur; il se porte à merveille; le médecin du théâtre l'a constaté, et il ira ce soir chez la Corilla. Mais le comte Zustiniani, qui comprend fort bien ce que cela veut dire, et qui consent sans beaucoup de regrets à ce qu'il suspende ses débuts, a défendu au médecin de démasquer la feinte, et a prié le bon Stefanini de rentrer au théâtre pour quelques jours.

— Mais, mon Dieu, que compte donc

faire Anzoleto? Est-il découragé au point de quitter le théâtre?

— Oui, le théâtre de San-Samuel. Il part dans un mois pour la France avec la Corilla. Cela t'étonne? Il fuit l'ombre que tu projettes sur lui. Il remet son sort dans les mains d'une femme moins redoutable, et qu'il trahira quand il n'aura plus besoin d'elle.

La Consuelo pâlit et mit les deux mains sur son cœur prêt à se briser. Peut-être s'était-elle flattée de ramener Anzoleto, en lui reprochant doucement sa faute, et en lui offrant de suspendre ses propres débuts. Cette nouvelle était un coup de poignard, et la pensée de ne plus revoir celui qu'elle avait tant aimé ne pouvait entrer dans son esprit.

— Ah! c'est un mauvais rêve, s'écria-t-elle ; il faut que j'aille le trouver et qu'il m'explique cette vision. Il ne peut pas suivre cette femme, ce serait sa perte. Je ne peux pas,

moi, l'y laisser courir ; je le retiendrai, je
lui ferai comprendre ses véritables intérêts,
s'il est vrai qu'il ne comprenne plus autre
chose... Venez avec moi, mon cher maître,
ne l'abandonnons pas ainsi...

— Je t'abandonnerais, moi, et pour toujours, s'écria le Porpora indigné, si tu com-
mettais une pareille lâcheté. Implorer ce mi-
sérable, le disputer à une Corilla ? Ah ! sainte
Cécile, méfie-toi de ton origine bohémienne,
et songe à en étouffer les instincts aveugles
et vagabonds. Allons, suis-moi : on t'attend
pour répéter. Tu auras, malgré toi, un certain plaisir ce soir à chanter avec un maître
comme Stefanini. Tu verras un artiste savant,
modeste et généreux.

Il la traîna au théâtre, et là, pour la première fois, elle sentit l'horreur de cette vie
d'artiste, enchaînée aux exigences du public,
condamnée à étouffer ses sentiments et à

refouler ses émotions pour obéir aux sentiments et flatter les émotions d'autrui. Cette
répétition, ensuite la toilette, et la représentation du soir furent un supplice atroce. Anzoleto ne parut pas. Le surlendemain il fallait débuter dans un opéra bouffe de Galuppi :
Arcifanfano re de' matti. On avait choisi cette
farce pour plaire à Stefanini, qui y était
d'un comique excellent. Il fallut que Consuelo s'évertuât à faire rire ceux qu'elle
avait fait pleurer. Elle fut brillante, charmante, plaisante au dernier point avec la
mort dans l'âme. Deux ou trois fois des sanglots remplirent sa poitrine et s'exhalèrent
en une gaîté forcée, affreuse à voir pour qui
l'eût comprise! En rentrant dans sa loge
elle tomba en convulsions. Le public voulait
la revoir pour l'applaudir; elle tarda, on fit
un horrible vacarme; on voulait casser les
banquettes, escalader la rampe. Stefanini

vint la chercher à demi vêtue, les cheveux
en désordre, pâle comme un spectre ; elle se
laissa traîner sur la scène, et, accablée d'une
pluie de fleurs, elle fut forcée de se baisser
pour ramasser une couronne de laurier. —
Ah! les bêtes féroces! murmura-t-elle en
rentrant dans la coulisse.

— Ma belle, lui dit le vieux chanteur qui
lui donnait la main, tu es bien souffrante ;
mais ces petites choses-là, ajouta-t-il en lui
remettant une gerbe des fleurs qu'il avait
ramassées pour elle, sont un spécifique merveilleux pour tous nos maux. Tu t'y habitue-
ras, et un jour viendra où tu ne sentiras ton
mal et ta fatigue que les jours où l'on oubliera
de te couronner.

Oh! qu'ils sont vains et petits! pensa la
pauvre Consuelo. Rentrée dans sa loge, elle
s'évanouit littéralement sur un lit de fleurs
qu'on avait recueillies sur le théâtre et jetées

pêle-mêle sur le sofa. L'habilleuse sortit pour appeler un médecin. Le comte Zustiniani resta seul quelques instants auprès de sa belle cantatrice, pâle et brisée comme les jasmins qui jonchaient sa couche. En cet instant de trouble et d'enivrement, Zustiniani perdit la tête et céda à la folle inspiration de la ranimer par ses caresses. Mais son premier baiser fut odieux aux lèvres pures de Consuelo. Elle se ranima pour le repousser, comme si c'eût été la morsure d'un serpent.

— Ah! loin de moi, dit-elle en s'agitant dans une sorte de délire ; loin de moi l'amour et les caresses et les douces paroles! Jamais d'amour! jamais d'époux! jamais d'amant! jamais de famille! Mon maître l'a dit! la liberté, l'idéal, la solitude, la gloire!... Et elle fondit en larmes si déchirantes, que le comte effrayé se jeta à genoux auprès d'elle et s'efforça de la calmer. Mais il ne put rien dire

de salutaire à cette âme blessée, et sa passion, arrivée en cet instant à son plus haut
paroxisme, s'exprima en dépit de lui-même.
Il ne comprenait que trop le désespoir de
l'amante trahie. Il fit parler l'enthousiasme
de l'amant qui espère. Consuelo eut l'air de
l'écouter, et retira machinalement sa main
des siennes avec un sourire égaré que le
comte prit pour un faible encouragement.
Certains hommes, pleins de tact et de péné-
tration dans le monde, sont absurdes dans
de pareilles entreprises. Le médecin arriva
et administra un calmant à la mode qu'on appelait *des gouttes*. Consuelo fut ensuite enve-
loppée de sa mante et portée dans sa gondole. Le comte y entra avec elle, la soutenant
dans ses bras et parlant toujours de son
amour, voire avec une certaine éloquence
qui lui semblait devoir porter la conviction.
Au bout d'un quart d'heure, n'obtenant pas

de réponse, il implora un mot, un regard. —
A quoi donc dois-je répondre? lui dit Consuelo, sortant comme d'un rêve. Je n'ai rien
entendu.

Zustiniani, découragé d'abord, pensa que
l'occasion ne pouvait revenir meilleure, et
que cette âme brisée serait plus accessible
en cet instant qu'après la réflexion et le conseil de la raison. Il parla donc encore et trouva
le même silence, la même préoccupation, seulement une sorte d'empressement instinctif
à repousser ses bras et ses lèvres qui ne se
démentit pas, quoiqu'il n'y eût pas d'énergie
pour la colère. Quand la gondole aborda, il
essaya de retenir Consuelo encore un instant
pour en obtenir une parole plus encoura-
geante. — Ah! seigneur comte, lui répondit-
elle avec une froide douceur, excusez l'état
de faiblesse où je me trouve; j'ai mal écouté,
mais je comprends. Oh! oui, j'ai fort bien

compris. Je vous demande la nuit pour réfléchir, pour me remettre du trouble où je
suis. Demain, oui... demain, je vous répon-
drai sans détour.

— Demain, chère Consuelo, oh! c'est un
siècle ; mais je me soumettrai si vous me
permettez d'espérer que du moins votre
amitié...

— Oh! oui! oui! il y a lieu d'espérer! répondit Consuelo d'un ton étrange en posant
les pieds sur la rive ; mais ne me suivez pas,
dit-elle en faisant le geste impérieux de le
repousser au fond de sa gondole. Sans cela
vous n'auriez pas sujet d'espérer.

La honte et l'indignation venaient de lui
rendre la force ; mais une force nerveuse,
fébrile, et qui s'exhala en un rire sardonique
effrayant tandis qu'elle montait l'escalier.

— Vous êtes bien joyeuse, Consuelo! lui
dit dans l'obscurité une voix qui faillit la

foudroyer. Je vous félicite de votre gaîté !

— Ah ! oui, répondit-elle en saisissant avec
force le bras d'Anzoleto et en montant rapidement avec lui à sa chambre ; je te remer-
cie, Anzoleto, tu as bien raison de me félici-
ter, je suis vraiment joyeuse ; oh ! tout-à-fait
joyeuse !

Anzoleto, qui l'avait entendue, avait déjà
allumé la lampe. Quand la clarté bleuâtre
tomba sur leurs traits décomposés, ils se fi-
rent peur l'un à l'autre.

— Nous sommes bien heureux, n'est-ce
pas, Anzoleto ? dit-elle d'une voix âpre, en
contractant ses traits par un sourire qui fit
couler sur ses joues un ruisseau de larmes.
Que penses-tu de notre bonheur ?

— Je pense, Consuelo, répondit-il avec un
sourire amer et des yeux secs, que nous
avons eu quelque peine à y souscrire, mais
que nous finirons par nous y habituer.

— Tu m'as semblé fort bien habitué au boudoir de la Corilla.

— Et toi, je te retrouve très aguerrie avec la gondole de M. le comte.

— M. le comte?... Tu savais donc, Anzoleto, que M. le comte voulait faire de moi sa maîtresse?

— Et c'est pour ne pas te gêner, ma chère, que j'ai discrètement battu en retraite.

— Ah! tu savais cela? et c'est le moment que tu as choisi pour m'abandonner?

— N'ai-je pas bien fait, et n'es-tu pas satisfaite de ton sort? Le comte est un amant magnifique, et le pauvre débutant tombé n'eût pas pu lutter avec lui, je pense?

— Le Porpora avait raison : vous êtes un homme infâme. Sortez d'ici! vous ne méritez pas que je me justifie, et il me semble que je serais souillée par un regret de vous. Sortez, vous dis-je! Mais sachez auparavant que vous pouvez débuter à Venise et rentrer à San-Samuel avec la Corilla : jamais plus la fille de ma mère ne remettra les pieds sur ces ignobles tréteaux qu'on appelle le théâtre.

— La fille de votre mère la *Zingara* va donc faire la grande dame dans la villa de Zustiniani, aux bords de la Brenta? Ce sera une belle existence, et je m'en réjouis!

— O ma mère! dit Consuelo en se retournant vers son lit, et en s'y jetant à genoux, la face enfoncée dans la couverture qui avait servi de linceul à la zingara.

Anzoleto fut effrayé et pénétré de ce mouvement énergique et de ces sanglots terribles qu'il entendait gronder dans la poitrine de Consuelo. Le remords frappa un grand coup dans la sienne, et il s'approcha pour prendre son amie dans ses bras et la relever. Mais elle se releva d'elle-même, et le repoussant

avec une force sauvage, elle le jeta à la porte
en lui criant : — Hors de chez moi, hors de
mon cœur, hors de mon souvenir! A tout
jamais, adieu! adieu!

Anzoleto était venu la trouver avec une
pensée d'égoïsme atroce, et c'était pourtant
la meilleure pensée qu'il eût pu concevoir.
Il ne s'était pas senti la force de s'éloigner
d'elle, et il avait trouvé un terme moyen
pour tout concilier : c'était de lui dire qu'elle
était menacée dans son honneur par les projets amoureux de Zustiniani, et de l'éloigner
ainsi du théâtre. Il y avait, dans cette résolution, un hommage rendu à la pureté et à
la fierté de Consuelo. Il la savait incapable
de transiger avec une position équivoque, et
d'accepter une protection qui la ferait rougir.
Il y avait encore dans son âme coupable et
corrompue une foi inébranlable dans l'innocence de cette jeune fille, qu'il comptait re-

trouver aussi chaste, aussi fidèle, aussi dévouée qu'il l'avait laissée quelques jours auparavant. Mais comment concilier cette religion envers elle, avec le dessein arrêté de la
tromper et de rester son fiancé, son ami,
sans rompre avec la Corilla? Il voulait faire
rentrer cette dernière avec lui au théâtre, et
ne pouvait songer à s'en détacher dans un
moment où son succès allait dépendre d'elle
entièrement. Ce plan audacieux et lâche était
cependant formulé dans sa pensée, et il traitait Consuelo comme ces madones dont les
femmes italiennes implorent la protection à
l'heure du repentir, et dont elles voilent la
face à l'heure du péché.

Quand il la vit si brillante et si folle en
apparence au théâtre, dans son rôle bouffe,
il commença à craindre d'avoir perdu trop
de temps à mûrir son projet. Quand il la vit
rentrer dans la gondole du comte, et appro-

cher avec un éclat de rire convulsif, ne com-
prenant pas la détresse de cette âme en délire, il pensa qu'il venait trop tard, et le
dépit s'empara de lui. Mais quand il la vit se
relever de ses insultes et le chasser avec
mépris, le respect lui revint avec la crainte,
et il erra longtemps dans l'escalier et sur la
rive attendant qu'elle le rappelât. Il se hasarda même à frapper et à implorer son pardon à travers la porte. Mais un profond silence régna dans cette chambre, dont il ne
devait plus jamais repasser le seuil avec
Consuelo. Il se retira confus et dépité, se
promettant de revenir le lendemain et se
flattant d'être plus heureux. Après tout, se
disait-il, mon projet va réussir; elle sait l'a-
mour du comte; la besogne est à moitié
faite.

Accablé de fatigue, il dormit longtemps;
et dans l'après-midi il se rendit chez la Co-

rilla. — Grande nouvelle! s'écria-t-elle en lui tendant les bras : la Consuelo est partie !

— Partie! et avec qui, grand Dieu! et pour quel pays?

— Pour Vienne, où le Porpora l'envoie en attendant qu'il s'y rende lui-même. Elle nous a tous trompés, cette petite masque. Elle était engagée pour le théâtre de l'empereur, où le Porpora va faire représenter son nouvel opéra.

— Partie! partie sans me dire un mot! s'écria Anzoleto en courant vers la porte.

— Oh! rien ne te servira de la chercher à Venise, dit la Corilla avec un rire méchant et un regard de triomphe. Elle s'est embarquée pour Palestrine au jour naissant; elle est déjà loin en terre ferme. Zustiniani, qui se croyait aimé et qui était joué, est furieux; il est au lit avec la fièvre. Mais il m'a dépêché tout-à-l'heure le Porpora, pour me prier de chanter ce soir; et Stefanini, qui est très fatigué du théâtre et très impatient d'aller jouir dans son château des douceurs de la retraite, est fort désireux de te voir reprendre tes débuts. Ainsi songe à reparaître demain dans *Ipermnestre*. Moi, je vais à la répétition : on m'attend. Tu peux, si tu ne me crois pas, aller faire un tour dans la ville, tu te convaincras de la vérité.

— Ah! furie! s'écria Anzoleto, tu l'emportes! mais tu m'arraches la vie.

Et il tomba évanoui sur le tapis de Perse de la courtisane.

3

Le plus embarrassé de son rôle, lors de la fuite de Consuelo, ce fut le comte Zustiniani. Après avoir laissé dire et donné à penser à tout Venise que la merveilleuse débutante était sa maîtresse, comment expliquer d'une manière flatteuse pour son amour-propre,

qu'au premier mot de déclaration elle s'é-
tait soustraite brusquement et mystérieuse-
ment à ses désirs et à ses espérances? Plusieurs personnes pensèrent que, jaloux de
son trésor, il l'avait cachée dans une de ses
maisons de campagne. Mais lorsqu'on entendit le Porpora dire avec cette austérité de
franchise qui ne s'était jamais démentie, le
parti qu'avait pris son élève d'aller l'attendre en Allemagne, il n'y eut plus qu'à
chercher les motifs de cette étrange résolution. Le comte affecta bien, pour donner le
change, de ne montrer ni dépit ni surprise;
mais son chagrin perça malgré lui, et on
cessa de lui attribuer cette bonne fortune
dont on l'avait tant félicité. La majeure partie de la vérité devint claire pour tout le
monde; savoir: l'infidélité d'Anzoleto, la ri-
valité de Corilla, et le désespoir de la pauvre

Espagnole, qu'on se prit à plaindre et à re-
gretter vivement.

Le premier mouvement d'Anzoleto avait
été de courir chez le Porpora ; mais celui-ci
l'avait repoussé sévèrement : — Cesse de
m'interroger, jeune ambitieux sans cœur et
sans foi, lui avait répondu le maître indigné ;
tu ne méritas jamais l'affection de cette noble
fille, et tu ne sauras jamais de moi ce qu'elle
est devenue. Je mettrai tous mes soins à ce
que tu ne retrouves pas sa trace, et j'espère
que si le hasard te la fait rencontrer un jour,
ton image sera effacée de son cœur et de sa
mémoire autant que je le désire et que j'y
travaille.

De chez le Porpora, Anzoleto s'était rendu
à la Corte-Minelli. Il avait trouvé la chambre de Consuelo déjà livrée à un nouvel oc-
cupant et tout encombrée des matériaux de
son travail. C'était un ouvrier en verroterie,

installé depuis longtemps dans la maison, et
qui transportait là son atelier avec beaucoup
de gaîté.

— Ah ! ah ! c'est toi, mon garçon, dit-il
au jeune ténor. Tu viens me voir dans mon
nouveau logement? J'y serai fort bien, et
ma femme est toute joyeuse d'avoir de quoi
loger tous ses enfants en bas. Que cherches-
tu? Consuelina aurait-elle oublié quelque
chose ici? Cherche, mon enfant; regarde.
Cela ne me fâche point.

— Où a-t-on mis ses meubles? dit Anzoleto tout troublé, et déchiré au fond du cœur
de ne plus retrouver aucun vestige de Consuelo, dans ce lieu consacré aux plus pures
jouissances de toute sa vie passée.

— Les meubles sont en bas, dans la cour.
Elle en a fait cadeau à la mère Agathe; elle
a bien fait. La vieille est pauvre, et va se
faire un peu d'argent avec cela. Oh! la Con-

suelo a toujours eu un bon cœur. Elle n'a pas laissé un sou de dette dans la *Corte*, et elle a fait un petit présent à tout le monde en s'en allant. Elle n'a emporté que son crucifix. C'est drôle tout de même, ce départ, au milieu de la nuit et sans prévenir personne! Maître Porpora est venu ici dès le matin arranger toutes ses affaires; c'était comme l'exécution d'un testament. Ça a fait de la peine à tous les voisins; mais enfin on s'en console en pensant qu'elle va habiter sans doute un beau palais sur le Canalazzo, à présent qu'elle est riche et grande dame! Moi, j'avais toujours dit qu'elle ferait fortune avec sa voix. Elle travaillait tant! Et à quand la noce, Anzoleto? J'espère que tu m'achèteras quelque chose pour faire de petits présents aux jeunes filles du quartier.

— Oui, oui! répondit Anzoleto tout égaré.

Il s'enfuit la mort dans l'âme, et vit dans la
cour toutes les commères de l'endroit qui
mettaient à l'enchère le lit et l. table de Consuelo ; ce lit où il l'avait vue dormir, cette table où il l'avait vue travailler ! O mon Dieu !
déjà plus rien d'elle ! s'écria-t-il involontairement en se tordant les mains. Il eut envie
d'aller poignarder la Corilla.

Au bout de trois jours il remonta sur le
théâtre avec la Corilla. Tous deux furent ou-
trageusement sifflés, et on fut obligé de baisser le rideau sans pouvoir achever la pièce :
Anzoleto était furieux, et la Corilla impassible. — Voici ce que me vaut ta protection,
lui dit-il d'un ton menaçant dès qu'il se
retrouva seul avec elle. La prima-donna lui
répondit avec beaucoup de tranquillité : —
Tu t'affectes de peu, mon pauvre enfant; on
voit que tu ne connais guère le public et que
tu n'as jamais affronté ses caprices. J'étais si

bien préparée à l'échec de ce soir, que je ne m'étais pas donné la peine de repasser mon rôle : et si je ne t'ai pas annoncé ce qui devait arriver, c'est parce que je savais bien que tu n'aurais pas le courage d'entrer en scène avec la certitude d'être sifflé. Maintenant il faut que tu saches ce qui nous attend encore. La prochaine fois nous serons maltraités de plus belle. Trois, quatre, six, huit représentations peut-être, se passeront ainsi ; mais durant ces orages une opposition se manifestera en notre faveur. Fussions-nous les derniers cabotins du monde, l'esprit de contradiction et d'indépendance nous susciterait encore des partisans de plus en plus zélés. Il y a tant de gens qui croient se grandir en outrageant les autres, qu'il n'en manque pas qui croient se grandir aussi en les protégeant. Après une douzaine d'épreuves, durant lesquelles la salle sera un champ de

bataille entre les sifflets et les applaudissements, les récalcitrants se fatigueront, les
opiniâtres bouderont, et nous entrerons dans
une nouvelle phase. La portion du public qui
nous aura soutenus sans trop savoir pourquoi,
nous écoutera assez froidement ; ce sera
pour nous comme un nouveau début, et alors,
c'est à nous, vive Dieu ! de passionner cet
auditoire, et de rester les maîtres. Je te pré-
dis de grands succès pour ce moment-là, cher
Anzoleto ; le charme qui pesait sur toi naguère sera dissipé. Tu respireras une atmosphère d'encouragements et de douces louan-
ges qui te rendra ta puissance. Rappelle-toi
l'effet que tu as produit chez Zustiniani la
première fois que tu t'es fait entendre. Tu
n'eus pas le temps de consolider ta conquête ;
un astre plus brillant est venu trop tôt t'é-
clipser : mais cet astre s'est laissé retomber

sous l'horizon, et tu dois te préparer à remonter avec moi dans l'empyrée.

Tout se passa ainsi que la Corilla l'avait
prédit. A la vérité, on fit payer cher aux deux
amants, pendant quelques jours, la perte que
le public avait faite dans la personne de
Consuelo. Mais leur constance à braver la
tempête épuisa un courroux trop expansif
pour être durable. Le comte encouragea les
efforts de Corilla. Quant à Anzoleto, après
avoir fait de vaines démarches pour attirer à
Venise un *primo-uomo* dans une saison avancée, où tous les engagements étaient faits
avec les principaux théâtres de l'Europe, le
comte prit son parti, et l'accepta pour cham-
pion dans la lutte qui s'établissait entre le public et l'administration de son théâtre. Ce
théâtre avait eu une vogue trop brillante
pour la perdre avec tel ou tel sujet. Rien de
semblable ne pouvait vaincre les habitudes

consacrées. Toutes les loges étaient louées
pour 'a saison. Les dames y tenaient leur salon et y causaient comme de coutume. Les
vrais dilettanti boudèrent quelque temps; ils
étaient en trop petit nombre pour qu'on s'en
aperçût. D'ailleurs ils finirent par s'ennuyer
de leur rancune, et un beau soir la Corilla,
ayant chanté avec feu, fut unanimement r p-
pelée. Elle reparut, entraînant avec elle Anzoleto, qu'on ne redemandait pas, et qui semblait céder à une douce violence d'un air modeste et craintif. Il reçut sa part des applaudissements, et fut rappelé le lendemain. Enfin,
avant qu'un mois se fût écoulé, Consuelo
était oubliée, comme l'éclair qui traverse un
ciel d'été. Corilla faisait fureur comme auparavant, et le méritait peut-être davantage;
car l'émulation lui avait donné p us d'*en-
train*, et l'amour lui inspirait parfois une
expression mieux sentie. Quant à Anzoleto,

quioqu'il n'eût point perdu ses défauts, il avait réussi à déployer ses incontestables qualités. On s'était habitué aux uns, et on admirait les autres. Sa personne charmante fascinait les femmes : on se l'arrachait dans les salons. d'autant plus que la jalousie de Corilla donnait plus de piquant aux coquetteries dont il était l'objet. Là Clorinda aussi développait ses moyens au théâtre, c'est-à-dire sa lourde beauté et la nonchalance lascive d'une stupidité sans exemple, mais non sans attrait pour une certaine fraction des spectateurs. Zustiniani, pour se distraire d'un chagrin assez profond, en avait fait sa maîtresse, la couvrait de diamants, et la poussait aux premiers rôles, espérant la faire succéder dans cet emploi à la Corilla, qui s'était définitivement engagée avec Paris pour la saison suivante.

Corilla voyait sans dépit cette concurrence

dont elle n'avait rien à craindre, ni dans le présent, ni dans l'avenir; elle prenait même un méchant plaisir à faire ressortir cette incapacité froidement impudente qui ne reculait devant rien. Ces deux créatures vivaient donc en bonne intelligence, et gouvernaient souverainement l'administration. Elles mettaient à l'index toute partition sérieuse, et se vengeaient du Porpora en refusant ses opéras pour accepter et faire briller ses plus indignes rivaux. Elles s'entendaient pour nuire à tout ce qui leur déplaisait, pour protéger tout ce qui s'humiliait devant leur pouvoir. Grâce à elles, on applaudit cette année-là à Venise les œuvres de la décadence, et on oublia que la vraie, la grande musique y avait régné naguère.

Au milieu de son succès et de sa prospérité (car le comte lui avait fait un engagement assez avantageux), Anzoleto était ac-

cablé d'un profond dégoût, et succombait
sous le poids d'un bonheur déplorable. C'é-
tait pitié de le voir se traîner aux répétitions,
attaché au bras de la triomphante Corilla,
pâle, languissant, beau comme un ange, ri-
dicule de fatuité, ennuyé comme un homme
qu'on adore, anéanti et débraillé sous les
lauriers et les myrtes qu'il avait si aisément
et si largement cueillis. Même aux représentations, lorsqu'il était en scène avec sa fou-
gueuse amante, il cédait au besoin de pro-
tester contre elle par son attitude superbe
et sa langueur impertinente. Lorsqu'elle le
dévorait des yeux, il semblait, par ses regards, dire au public : N'allez pas croire que
je réponde à tant d'amour. Qui m'en déli-
vrera, au contraire, me rendra un grand
service.

Le fait est qu'Anzoleto, gâté et corrompu
par la Corilla, tournait contre elle les ins-

tincts d'égoïsme et d'ingratitude qu'elle lui
suggérait contre le monde entier. Il ne lui
restait plus dans le cœur qu'un sentiment
vrai et pur dans son essence : l'indestruc-
tible amour qu'en dépit de ses vices il nour-
rissait pour Consuelo. Il pouvait s'en distraire, grâce à sa légèreté naturelle; mais il
n'en pouvait pas guérir, et cet amour lui revenait comme un remords, comme une tor-
ture, au milieu de ses plus coupables égare-
ments. Infidèle à la Corilla, adonné à mille
intrigues galantes, un jour avec la Clorinda
pour se venger en secret du comte, un autre
avec quelque illustre beauté du grand
monde, et le troisième avec la plus malpro-
pre des comparses; passant du boudoir mystérieux à l'orgie insolente, et des fureurs de
la Corilla aux insouciantes débauches de la
table, il semblait qu'il eût pris à tâche d'é-
touffer en lui tout souvenir du passé. Mais au

milieu de ce désordre, un spectre semblait
s'acharner à ses pas; et de longs sanglots
s'échappaient de sa poitrine, lorsqu'au milieu de la nuit, il passait en gondole, avec
ses bruyants compagnons de plaisir, le long
des sombres masures de la Corte-Minelli.

La Corilla, long-temps dominée par ses
mauvais traitements, et portée, comme toutes les âmes viles, à n'aimer qu'en raison des
mépris et des outrages qu'elle recevait, commençait pourtant elle-même à se lasser de
cette passion funeste. Elle s'était flattée de
vaincre et d'enchaîner cette sauvage indépendance. Elle y avait travaillé avec achar-
nement, elle y avait tout sacrifié. Quand elle
reconnut qu'elle n'y parviendrait jamais, elle
commença à le haïr, et à chercher des dis-
tractions et des vengeances. Une nuit qu'Anzoleto errait en gondole dans Venise avec la
Clorinda, il vit filer rapidement une autre

gondole dont le fanal éteint annonçait quelque furtif rendez-vous. Il y fit peu d'attention; mais la Clorinda, qui, dans sa frayeur
d'être découverte, était toujours aux aguets,
lui dit : — Allons plus lentement. C'est la
gondole du comte; j'ai reconnu le gondo-
lier.

— En ce cas, allons plus vite, répondit
Anzoleto; je veux le rejoindre, et savoir
de quelle infidélité il paie la tienne cette
nuit.

— Non, non, retournons! s'écria Clorinda.
Il a l'œil si perçant, et l'oreille si fine! Gar-
dons nous bien de le troubler.

— Marche! te dis-je, cria Anzoleto à son
baracole; je veux rejoindre cette barque que
tu vois là devant nous.

Ce fut, malgré la prière et la terreur de
Clorinda, l'affaire d'un instant. Les deux bar-
ques s'effleurèrent de nouveau, et Anzoleto

entendit un éclat de rire mal étouffé partir
de la gondole. — A la bonne heure, dit-il,
ceci est de bonne guerre : c'est la Corilla qui
prend le frais avec M. le comte. — En parlant ainsi, Anzoleto sauta sur l'avant de sa
gondole, prit la rame des mains de son bar-
carole, et, suivant l'autre gondole avec rapidité, la rejoignit, l'effleura de nouveau, et,
soit qu'il eût entendu son nom au milieu des
éclats de rire de la Corilla, soit qu'un accès
de démence se fût emparé de lui, il se mit à
dire tout haut : — Chère Clorinda, tu es sans
contredit la plus belle et la plus aimée de
toutes les femmes.

— J'en disais autant tout-à-l'heure à la
Corilla, répondit aussitôt le comte en sortant
de sa cabanette, et en s'avançant vers l'autre barque avec une grande aisance ; et
maintenant que nos promenades sont termi-
nées de part et d'autre, nous pourrions faire

un échange, comme entre gens de bonne
foi qui trafiquent de richesses équivalentes.

— M. le comte rend justice à ma loyauté,
répondit Anzoleto sur le même ton. Je vais,
s'il veut bien le permettre, lui offrir mon
bras pour qu'il puisse venir reprendre son
bien où il le retrouve.

Le comte avança le bras pour s'appuyer
sur Anzoleto, dans je ne sais quelle intention
railleuse et méprisante pour lui et leurs
communes maîtresses. Mais le tenor, dévoré
de haine, et transporté d'une rage profonde,
s'élança de tout le poids de son corps sur la
gondole du comte, et la fit chavirer en s'é-
criant d'une voix sauvage : — Femme pour
femme, monsieur le comte et *gondole pour
gondole!* — Puis, abandonnant ses victimes
à leur destinée, ainsi que la Clorinda à sa
stupeur et aux conséquences de l'aventure,
il gagna à la nage la rive opposée, prit sa

course à travers les rues sombres et tortueu-
ses, entra dans son logement, changea de
vêtements en un clin-d'œil, emporta tout
l'argent qu'il possédait, sortit, se jeta dans la
première chaloupe qui mettait à la voile ; et,
cinglant vers Trieste, il fit claquer ses doigts
en signe de triomphe, en voyant les clochers
et les dômes de Venise s'abaisser sous les
flots aux premières clartés du matin.

4

Dans la ramification occidentale des monts Karpathes qui sépare la Bohême de la Bavière, et qui prend dans ces contrées le nom de Boehmer-Wald (forêt de Bohême), s'élevait encore, il y a une centaine d'années, un vieux manoir très-vaste, appelé, en vertu de

je ne sais quelle tradition , le *Château des
Géants*. Quoiqu'il eût de loin l'apparence
d'une antique forteresse , ce n'était plus
qu'une maison de plaisance, décorée à l'intérieur, dans le goût, déjà suranné à cette époque, mais toujours somptueux et noble, de
Louis XIV. L'architecture féodale avait aussi
subi d'heureuses modifications dans les par-
ties de l'édifice occupées par les seigneurs
de Rudolstadt, maîtres de ce riche domaine.

Cette famille, d'origine bohème, avait ger-
manisé son nom en abjurant la Réforme à
l'époque la plus tragique de la guerre de
trente ans. Un noble et vaillant aïeul, protestant inflexible, avait été massacré sur la
montagne voisine de son château par la sol-
datesque fanatique. Sa veuve, qui était de
famille saxonne, sauva la fortune et la vie de
ses jeunes enfants, en se proclamant catholi-

que, et en confiant l'éducation des héritiers
de Rudolstadt à des jésuites. Après deux gé-
nérations, la Bohême étant muette et oppri-
mée, la puissance autrichienne dénitivement
affermie, la gloire et les malheurs de la Réforme oubliés, du moins en apparence, les
seigneurs de Rudolstadt pratiquaient doucement les vertus chrétiennes, professaient le
dogme romain, et vivaient dans leurs terres
avec une somptueuse simplicité, en bons aris-
tocrates et en fidèles serviteurs de Marie-
Thérèse. Ils avaient fait leurs preuves de
bravoure autrefois au service de l'empereur
Charles VI. Mais on s'étonnait que le dernier
de cette race illustre et vaillante, le jeune
Albert, fils unique du comte Christian de Rudolstadt, n'eût point porté les armes dans la
guerre de succession qui venait de finir, et
qu'il fût arrivé à l'âge de trente ans sans
avoir connu ni recherché d'autre grandeur

que celle de sa naissance et de sa fortune.
Cette conduite étrange avait inspiré à sa souveraine des soupçons de complicité avec ses
ennemis. Mais le comte Christian, ayant eu
l'honneur de recevoir l'impératrice dans son
château, lui avait donné de la conduite de
son fils des excuses dont elle avait paru satisfaite. De l'entretien de Marie-Thérèse avec
le comte de Rudolstadt, rien n'avait transpiré.
Un mystère étrange régnait dans le sanctuaire de cette famille dévote et bienfaisante,
que, depuis dix ans, aucun voisin ne fréquen-
tait assidûment ; qu'aucune affaire, aucun
plaisir, aucune agitation politique ne faisait
sortir de ses domaines ; qui payait largement,
et sans murmurer, tous les subsides de la
guerre, ne montrant aucune agitation au
milieu des dangers et des malheurs publics ;
qui, enfin, ne semblait plus vivre de la même
vie que les autres nobles, et de laquelle on se

méfiait, bien qu'on n'eût jamais eu à enregis-
trer de ses faits extérieurs que de bonnes actions et de nobles procédés. Ne sachant à
quoi attribuer cette vie froide et retirée, on
accusait les Rudolstadt, tantôt de misanthro-
pie, tantôt d'avarice ; mais comme, à chaque
instant, leur conduite donnait un démenti à
ces imputations, on était réduit à leur repro-
cher simplement trop d'apathie et de nonchalance. On disait que le comte Christian
n'avait pas voulu exposer les jours de son
fils unique, dernier héritier de son nom, dans
ces guerres désastreuses, et que l'impératrice avait accepté, en échange de ses services militaires, une somme d'argent assez
forte pour équiper un régiment de hussards.
Les nobles dames qui avaient des filles à marier disaient que le comte avait fort bien agi ;
mais lorsqu'elles apprirent la résolution que
semblait manifester Christian de marier son

fils dans sa propre famille, en lui faisant
épouser la fille du baron Frédérick, son
frère; quand elles surent que la jeune baronne Amélie venait de quitter le couvent où
elle avait été élevée à Prague, pour habiter
désormais, auprès de son cousin, le château
des Géants, ces nobles dames déclarèrent
unanimement que la famille des Rudolstadt
était une tanière de loups, tous plus insocia-
bles et plus sauvages les uns que les autres.
Quelques serviteurs incorruptibles et quelques amis dévoués surent seuls le secret de
la famille, et le gardèrent fidèlement.

Cette noble famille était rassemblée un soir
autour d'une table chargée à profusion de g-
bier et de ces mets substantiels dont nos
aïeux se nourrissaient encore à cette époque
dans les pays slaves, en dépit des raffinements
que la cour de Louis XV avait introduits dans
les habitudes aristocratiques d'une grande

partie de l'Europe. Un poêle immense, où brûlaient des chênes tout entiers, réchauffait la salle vaste et sombre. Le comte Christian venait d'achever à voix haute le *Benedicite*, que les autres membres de la famille avaient écouté debout. De nombreux serviteurs, tous vieux et graves, en costume du pays, en larges culottes de Mamélucks, et en longues moustaches, se pressaient lentement autour de leurs maîtres révérés. Le chapelain du château s'assit à la droite du comte, et sa nièce, la jeune baronne Amélie, à sa gauche, le *côté du cœur*, comme il affectait de le dire avec un air de galanterie austère et pater-nelle. Le baron Frédérick, son frère puiné, qu'il appelait toujours son jeune frère, parce qu'il n'avait guère que soixante ans, se plaça en face de lui. La chanoinesse Wenceslawa de Rudolstadt, sa sœur aînée, respectable personnage sexagénaire affligé d'une bosse

énorme et d'une maigreur effrayante, s'assit
à un bout de la table, et le comte Albert, fils
du comte Christian, le fiancé d'Amélie, le
dernier des Rudolstadt, vint, pâle et morne,
s'installer d'un air distrait à l'autre bout,
vis-à-vis de sa noble tante.

De tous ces personnages silencieux, Albert
était certainement le moins disposé et le
moins habitué à donner de l'animation aux
autres. Le chapelain était si dévoué à ses
maîtres et si respectueux envers le chef de la
famille, qu'il n'ouvrait guère la bouche sans
y être sollicité par un regard du comte Christian ; et celui-ci était d'une nature si paisible et si recueillie, qu'il n'éprouvait presque
jamais le besoin de chercher dans les autres
une distraction à ses propres pensées.

Le baron Frédérick était un caractère
moins profond et un tempérament plus actif ; mais son esprit n'était guère plus animé.

Aussi doux et aussi bienveillant que son aîné,
il avait moins d'intelligence et d'enthousiasme
intérieur. Sa dévotion était toute d'habitude
et de savoir-vivre. Son unique passion était
la chasse. Il y passait toutes ses journées,
rentrait chaque soir, non fatigué (c'était un
corps de fer), mais rouge, essoufflé, et
affamé. Il mangeait comme dix, buvait
comme trente, s'égayait un peu au dessert
en racontant comment son chien Saphyr
avait forcé le lièvre, comment sa chienne
Panthère avait dépisté le loup, comment son
faucon Attila avait pris le vol; et quand on
l'avait écouté avec une complaisance inépuisable, il s'assoupissait doucement auprès du
feu dans un grand fauteuil de cuir noir, jusqu'à ce que sa fille l'eût averti que son
heure d'aller se mettre au lit venait de
sonner.

La chanoinesse était la plus causeuse de la

famille. Elle pouvait même passer pour ba-
billarde ; car il lui arrivait au moins deux
fois par semaine de discuter un quart d'heure
durant avec le chapelain sur la généalogie
des familles bohêmes, hongroises et saxon-
nes, qu'elle savait sur le bout de son doigt,
depuis celle des rois jusqu'à celle du moindre
gentilhomme.

Quant au comte Albert, son extérieur
avait quelque chose d'effrayant et de solennel pour les autres, comme si chacun de ses
gestes eût été un présage, et chacune de ses
paroles une sentence. Par une bizarrerie
inexplicable à quiconque n'était pas initié au
secret de la maison, dès qu'il ouvrait la bouche, ce qui n'arrivait pas toujours une fois
par vingt-quatre heures, tous les regards des
p rents et des serviteurs se portaient sur lui ;
et alors on eût pu lire sur tous les visages
une anxiété profonde, une sollicitude dou-

loureuse et tendre, excepté cependant sur celui de la jeune Amélie, qui n'accueillait pas toujours ses paroles sans un mélange d'impatience ou de moquerie, et qui, seule, osait y répondre avec une familiarité dédaigueuse ou enjouée, suivant sa disposition du moment.

Cette jeune fille, blonde, un peu haute en couleur, vive et bien faite, était une petite perle de beauté; et quand sa femme de chambre le lui disait pour la consoler de son ennui : Hélas ! répondait la jeune fille, je suis une perle enfermée dans ma triste famille comme dans une huître dont cet affreux châ- teau des Géants est l'écaille. C'est en dire assez pour faire comprendre au lecteur quel pétulant oiseau renfermait cette impitoyable cage.

Ce soir-là le silence solennel qui pesait sur la famille, particulièrement au premier ser-

vice (car les deux vieux seigneurs, la chanoinesse et le chapelain avaient une solidité
et une régularité d'appétit qui ne se démen-
taient en aucune saison de l'année), fut in-
terrompu par le comte Albert.

— Quel temps affreux ! dit-il avec un profond soupir.

Chacun se regarda avec surprise ; car si le
temps était devenu sombre et menaçant,
depuis une heure qu'on se tenait dans l'intérieur du château, et que les épais volets de
chêne étaient fermés, nul ne pouvait s'en
apercevoir. Un calme profond régnait au-
dehors comme au-dedans, et rien n'annonçait qu'une tempête dût éclater prochainement.

Cependant nul ne s'avisa de contredire Albert, et Amélie seule se contenta de hausser
les épaules, tandis que le jeu des fourchettes et
le cliquetis de la vaisselle, échangée lente-

ment par les valets, recommençait après un moment d'interruption et d'inquiétude.

— N'entendez-vous pas le vent qui se déchaîne dans les sapins du Boehmer-Wald, et la voix du torrent qui monte jusqu'à vous? reprit Albert d'une voix plus haute, et avec un regard fixe dirigé vers son père.

Le comte Christian ne répondit rien. Le baron, qui avait coutume de tout concilier, répondit, sans quitter des yeux le morceau de venaison qu'il taillait d'une main athlétique comme il eût fait d'un quartier de granit : — En effet, le vent était à la pluie au coucher du soleil, et nous pourrions bien avoir mauvais temps pour la journée de demain.

Albert sourit d'un air étrange, et tout redevint morne. Mais cinq minutes s'étaient à peine écoulées qu'un coup de vent terrible ébranla les vitraux des immenses croisées,

rugit à plusieurs reprises en battant comme
d'un fouet les eaux du fossé, et se perdit dans
les hauteurs de la montagne avec un gémis-
sement si aigu et si plaintif que tous les visages en pâlirent, à l'exception de celui
d'Albert, qui sourit encore avec la même
expression indéfinissable que la première fois.

— Il y a en ce moment, dit-il, une âme
que l'orage pousse vers nous. Vous feriez
bien, monsieur le chapelain, de prier pour
ceux qui voyagent dans nos âpres montagnes sous le coup de la tempête.

— Je prie à toute heure et du fond de
mon âme, répondit le chapelain tout trem-
blant, pour ceux qui cheminent dans les
rudes sentiers de la vie, sous la tempête des
passions humaines.

— Ne lui répondez donc pas, monsieur le
chapelain, dit Amélie sans faire attention
aux regards et aux signes qui l'avertissaient

de tous côtés de ne pas donner de suite à cet entretien; vous savez bien que mon cousin se fait un plaisir de tourmenter les autres en leur parlant par énigmes. Quant à moi, je ne tiens guère à savoir le mot des siennes.

Le comte Albert ne parut pas faire plus attention aux dédains de sa cousine qu'elle ne prétendait en accorder à ses discours bizarres. Il mit un coude dans son assiette, qui était presque toujours vide et nette devant lui, et regarda fixement la nappe damassée dont il semblait compter les fleurons et les rosaces, bien qu'il fût absorbé dans une sorte de rêve extatique.

5

Une tempête furieuse éclata durant le
souper, lequel durait toujours deux heures,
ni plus ni moins, même les jours d'absti-
nence, que l'on observait religieusement,
mais qui ne dégageaient point le comte du
joug de ses habitudes, aussi sacrées pour lui

que les ordonnances de l'Eglise romaine.
L'orage était trop fréquent dans ces montagnes, et les immenses forêts qui couvraient
encore leurs flancs à cette époque, donnaient
au bruit du vent et de la foudre des reten-
tissements et des échos trop connus des hôtes
du château, pour qu'un accident de cette nature les émût énormément. Cependant l'agitation extraordinaire que montrait le comte
Albert se communiqua involontairement à la
famille; et le baron, troublé dans les douceurs de sa réfection, en eût éprouvé quelque humeur, s'il eût été possible à sa douceur bienveillante de se démentir un seul
instant. Il se contenta de soupirer profondément lorsqu'un épouvantable éclat de la
foudre, survenu à l'entremets, impressionna
l'écuyer tranch nt au point de lui faire manquer la *noix* du jambon de sanglier qu'il e.-
tamait en cet instant.

—- C'est une affaire faite! dit-il en adressant un sourire compatissant au pauvre écuyer consterné de sa mésaventure.

— Oui, mon oncle, vous avez raison! s'écria le comte Albert d'une voix forte, et en se levant; c'est une affaire faite. Le *Hussite* est abattu; la foudre le consume. Le printemps ne reverdira plus son feuillage.

— Que veux-tu dire, mon fils? demanda le vieux Christian avec tristesse; parles-tu du grand chêne de Schreckenstein (1)?

— Oui, mon père, je parle du grand chêne aux branches duquel nous avons fait pendre, l'autre semaine, plus de vingt moines augustins.

— Il prend les siècles pour des semaines, à présent! dit la chanoinesse à voix basse en

(1) Shreckenstein (*pierre d'épouvante*); plusieurs endroits portent ce nom dans ces contrées.

faisant un grand signe de croix. S'il est vrai, mon cher enfant, ajouta-t-elle plus haut et en s'adressant à son neveu, que vous ayez vu dans votre rêve une chose réellement arrivée, ou devant arriver prochainement (comme en effet ce hasard singulier s'est rencontré plusieurs fois dans votre imagination), ce ne sera pas une grande perte pour nous que ce vilain chêne à moitié desséché, qui nous rappelle, ainsi que le rocher qu'il ombrage, de si funestes souvenirs historiques.

— Quant à moi, reprit vivement Amélie, heureuse de trouver enfin une occasion de dégourdir un peu sa petite langue, je remercierais l'orage de nous avoir débarrassés du spectacle de cette affreuse potence dont les branches ressemblent à des ossements, et dont le tronc couvert d'une mousse rougeâtre paraît toujours suinter du sang. Je ne suis

jamais passée le soir sous son ombre sans
frissonner au souffle du vent qui râle dans
son feuillage, comme des soupirs d'agonie,
et je recommande alors mon âme à Dieu
tout en doublant le pas et en détournant la
tête.

— Amélie, reprit le jeune comte, qui, pour
la première fois peut-être, depuis bien des
jours, avait écouté avec attention les paroles
de sa cousine, vous avez bien fait de ne pas
rester sous le *Hussite*, comme je l'ai fait, des
heures et des nuits entières. Vous eussiez vu
et entendu là des choses qui vous eussent
glacée d'effroi, et dont le souvenir ne se fût
jamais effacé de votre mémoire.

— Taisez-vous, s'écria la jeune baronne
en tressaillant sur sa chaise comme pour
s'éloigner de la table où s'appuyait Albert,
je ne comprends pas l'insupportable amusement que vous vous donnez de me faire

peur, chaque fois qu'il vous plaît de desser-
rer les dents.

— Plût au ciel, ma chère Amélie, dit le
vieux Christian avec douceur, que ce fût en
effet un amusement pour votre cousin de
dire de pareilles choses !

— Non, mon père, c'est très-sérieusement
que je vous parle, reprit le comte Albert.
Le chêne de la *pierre d'épouvante* est ren-
versé, fendu en quatre, et vous pouvez demain envoyer les bûcherons pour le dépécer ;
je planterai un cyprès à la place, et je l'ap-
pellerai non plus le Hussite, mais le Pénitent ;
et la pierre d'épouvante, il y a long-temps
que vous eussiez dû la nommer *pierre d'expiation*.

— Assez, assez, mon fils, dit le vieillard
avec une angoisse extrême. Eloignez de
vous ces tristes images, et remettez-vous à
Dieu du soin de juger les actions des hommes.

— Les tristes images ont disparu, mon père ; elles rentrent dans le néant avec ces instruments de supplice que le souffle de l'orage et le feu du ciel viennent de coucher dans la poussière. Je vois, à la place des squelettes qui pendaient aux branches, des fleurs et des fruits que le zéphir balance aux rameaux d'une tige nouvelle. À la place de l'homme noir qui chaque nuit rallumait le bûcher, je vois une âme toute blanche et toute céleste qui plane sur ma tête et sur la vôtre. L'orage se dissipe, ô mes chers parents ! Le danger est passé, ceux qui voyagent sont à l'abri ; mon âme est en paix. Le temps de l'expiation touche à sa fin. Je me sens renaître.

— Puisses-tu dire vrai, ô mon fils bien-aimé ! répondit le vieux Christian d'une voix émue et avec un accent de tendresse profonde ; puisses-tu être délivré des visions et des fantômes qui assiègent ton repos! Dieu me ferait-il cette grâce, de rendre à mon cher Albert le repos, l'espérance, et la lumière de la foi!

Avant que le vieillard eut achevé ces affectueuses paroles, Albert s'était doucement incliné sur la table, et paraissait tombé subitement dans un paisible sommeil.

— Qu'est ce que cela signifie encore? dit la jeune baronne à son père; le voilà qui s'endort à table? c'est vraiment fort galant!

— Ce sommeil soudain et profond, dit le chapelain en regardant le jeune homme avec intérêt, est une crise favorable et qui me fait présager, pour quelque temps du moins, un heureux changement dans sa situation.

— Que personne ne lui parle, dit le comte Christian, et ne cherche à le tirer de cet assoupissement.

— Seigneur miséricordieux! dit la chanoinesse avec effusion en joignant les mains, faites que sa prédiction constante se réalise, et que le jour où il entre dans sa trentième année soit celui de sa guérison définitive!

— Amen, ajouta le chapelain avec componction. Élevons tous nos cœurs vers le Dieu de miséricorde; et, en lui rendant grâces de la nourriture que nous venons de prendre, supplions-le de nous accorder la délivrance de ce noble enfant, objet de toutes nos sollicitudes.

On se leva pour réciter *les grâces*, et chacun resta debout pendant quelques minutes, occupé à prier intérieurement pour le dernier des Rudolstadt. Le vieux Christian y mit tant de ferveur, que deux grosses larmes coulèrent sur ses joues flétries.

Le vieillard venait de donner à ses fidèles serviteurs l'ordre d'emporter son fils dans

son appartement, lorsque le baron Frédérik
ayant cherché naïvement dans sa cervelle
par quel acte de dévouement il pourrait con-
tribuer au bien-être de son cher neveu, dit
à son aîné d'un air de satisfaction enfan-
tine : — Il me vient une bonne idée, frère.
Si ton fils se réveille dans la solitude de son
appartement, au milieu de sa digestion, il
p ut lui venir encore quelques idées noires,
par suite de quelques mauvais rêves. Fais-le
transporter dans le salon, et qu'on l'asseye
sur mon grand fauteuil. C'est le meilleur de
la maison pour dormir. Il y sera mieux que
dans son lit; et quand il se réveillera, il trou-
vera du moins un bon feu pour égayer ses
regards, et des figures amies pour réjouir
son cœur.

— Vous avez raison, mon frère, répondit
Christian : on peut en effet le transporter au
salon, et le coucher sur le grand sofa.

— Il est très pernicieux de dormir étendu après souper, s'écria le baron. Croyez-moi, frère, je sais cela par expérience. Il faut lui donner mon fauteuil. Oui, je veux absolument qu'il ait mon fauteuil.

Christian comprit que refuser l'offre de son frère serait lui faire un véritable chagrin. On installa donc le jeune comte dans le fauteuil de cuir du vieux chasseur, sans qu'il s'aperçût en aucune façon du dérangement, tant son sommeil était voisin de l'état léthargique. Le baron s'assit tout joyeux et tout fier sur un autre siége, se chauffant les tibias devant un feu digne des temps antiques, et souriant d'un air de triomphe chaque fois que le chapelain faisait la remarque que ce sommeil du comte Albert devait avoir un heureux résultat. Le bonhomme se promettait de sacrifier sa sieste aussi bien que son fauteuil, et de s'associer au reste de sa famille

pour veiller sur le jeune comte ; mais, au
bout d'un quart d'heure, il s'habitua si bien
à son nouveau siége, qu'il se mit à ronfler
sur un ton à couvrir les derniers grondements
du tonnerre, qui se perdaient par degrés
dans l'éloignement.

Le bruit de la grosse cloche du château
(celle qu'on ne sonnait que pour les visites
extraordinaires) se fit tout-à-coup entendre;
et le vieux Hanz, le doyen des serviteurs de
la maison, entra peu après, tenant une
grande lettre qu'il présenta au comte Christian, sans dire une seule parole. Puis il sortit
pour attendre dans la salle voisine les ordres
de son maître; Christian ouvrit la lettre, et,
ayant jeté les yeux sur la signature, présenta
ce papier à la jeune baronne en la priant de
lui en faire la lecture. Amélie, curieuse et
empressée, s'approcha d'une bougie, et lut
tout haut ce qui suit :

« Illustre et bien-aimé seigneur comte,

« Votre Excellence me fait l'honneur de me demander un service. C'est m'en rendre un plus grand encore que tous ceux que j'ai reçus d'elle, et dont mon cœur chérit et conserve le souvenir. Malgré mon empressement à exécuter ses ordres révérés, je n'espérais pas, cependant, trouver la personne qu'elle me demande aussi promptement et aussi convenablement que je désirais le faire. Mais des circonstances favorables venant à coïncider d'une manière imprévue avec les désirs de Votre Seigneurie, je m'empresse de lui envoyer une jeune personne qui remplit une partie des conditions imposées. Elle ne les remplit cependant pas toutes. Aussi, je ne l'envoie que provisoirement, et pour donner à votre illustre et aimable nièce le loisir d'attendre sans trop d'impatience un résultat

plus complet de mes recherches et de mes
démarches,

« La personne qui aura l'honneur de vous
remettre cette lettre est mon élève, et ma
fille adoptive en quelque sorte; elle sera,
ainsi que le désire l'aim..ble baronne Amélie, à la fois une demoiselle de compagnie
obigeante et grâcieuse, et une institutrice savante dans la musique. Elle n'a point, du
reste, l'instruction que vous réclamez d'une
gouvernante. El e parle facilement plusieurs
langues ; mais elle ne les sait peut-être pas
assez correctement pour les enseigner. Elle
possède à fond la musique, et chante remar-
quablement bien. Vous serez satisfait de son
talent, de sa voix et de son maintien. Vous
ne le serez pas moins de la douceur et de la
dignité de son caractère, et Vos Seigneuries
pourront l'admettre dans leur intimité sans
crainte de lui voir jamais commettre une in-

convenance, ni donner la preuve d'un mauvais sentiment. Elle désire être libre dans la mesure de ses devoirs envers votre noble famille, et ne point recevoir d'honoraires. En un mot, ce n'est ni une *duègne* ni une *suivante* que j'adresse à l'aimable baronne, mais une *compagne* et une *amie*, ainsi qu'elle m'a fait l'honneur de me le demander dans le grâcieux post-scriptum ajouté de sa belle main à la lettre de Votre Excellence.

« Le seigneur Corner, nommé à l'ambassade d'Autriche, attend l'ordre de son départ. Mais il est à peu près certain que cet ordre n'arrivera pas avant deux mois. La signora Corner, sa digne épouse et ma généreuse élève, veut m'emmener à Vienne, où, selon elle, ma carrière doit prendre une face plus heureuse. Sans croire à un meilleur avenir, je cède à ses offres bienveillantes, avide que je suis de quitter l'ingrate Venise,

où je n'ai éprouvé que déceptions, affronts
et revers de tous genres. Il me tarde de revoir la noble Allemagne, où j'ai connu des
jours plus heureux et plus doux, et les amis
vénérables que j'y ai laissés. Votre Seigneurie sait bien qu'elle occupe une des premières
places dans les souvenirs de ce vieux cœur
froissé, mais non refroidi, qu'elle a rempli
d'une éternelle affection et d'une profonde
gratitude. C'est donc à vous, seigneur illus-
trissime, que je recommande et confie ma
fille adoptive, vous demandant pour elle hospitalité, protection et bénédiction. Elle saura
reconnaître vos bontés par son zèle à se
rendre utile et agréable à la jeune baronne.
Dans trois mois au plus j'irai la reprendre, et
vous présenter à sa place une institutrice qui
pourra contracter avec votre illustre famille
de plus longs engagements.

« En attendant ce jour fortuné où je pres-

serai dans mes mains la main du meilleur
des hommes, j'ose me dire, avec respect et
fierté, le plus humble des serviteurs et le
plus dévoué des amis de Votre Excellence
chiarissima, stimatissima, illustrissima, etc.

« NICOLAS PORPORA.

« Maître de chapelle, compositeur et professeur de chant.

« Venise, le... 17... »

Amélie sauta de joie en achevant cette
lettre, tandis que le vieux comte répétait à
plusieurs reprises avec attendrissement :
— Digne Porpora, excellent ami, homme
respectable !
— Certainement, certainement, dit la
chanoinesse Wenceslawa, partagée entre la
crainte de voir les habitudes de la famille
dérangées par l'arrivée d'une étrangère, et

le désir d'exercer noblement les devoirs de
l'hospitalité : il faudra la bien recevoir, la
bien traiter... Pourvu qu'elle ne s'ennuie
pas ici!....

— Mais, mon oncle, où donc est ma future
amie, ma précieuse maîtresse? s'écria la
jeune baronne sans écouter les réflexions de
sa tante. Sans doute elle va arriver bientôt
en personne?... Je l'attends avec une impatience...

Le comte Christian sonna. — Hanz, dit-il
au vieux serivteur, par qui cette lettre vous
a-t-elle été remise?

— Par une dame, monseigneur maître.

— Elle est déjà ici! s'écria Amélie. Où
donc, où donc?

— Dans sa chaise de poste, à l'entrée du
pont levis.

— Et vous l'avez laissée se morfondre à la

porte du château, au lieu de l'introduire tout
de suite au salon?

— Oui, madame la baronne, j'ai pris la
lettre; j'ai défendu au postillon de mettre
le pied hors de l'étrier, ni de quitter ses
rênes. J'ai fait relever le pont derrière
moi, et j'ai remis la lettre à monseigneur
maître.

— Mais c'est absurde, impardonnable, de
faire attendre ainsi par le mauvais temps les
hôtes qui nous arrivent ! Ne dirait-on pas que
nous sommes dans une forteresse, et que
tous les gens qui en approchent sont des ennemis ! Courez-donc, Hanz !

Hanz resta immobile comme une statue.
Ses yeux seuls exprimaient le regret de ne
pouvoir obéir aux désirs de sa jeune maîtresse; mais un boulet de canon passant
sur sa tête n'eût pas dérangé d'une ligne
l'attitude impassible dans laquelle il at-

tendait les ordres souverains de son vieux maître.

— Le fidèle Hanz ne connaît que son devoir et sa consigne, ma chère enfant, dit enfin le comte Christian avec une lenteur qui fit bouillir le sang de la baronne. Maintenant, Hanz, allez faire ouvrir la grille et baisser le pont. Que tout le monde aille avec des flambeaux recevoir la voyageuse ; qu'elle soit ici la bienvenue !

Hanz ne montra pas la moindre surprise d'avoir à introduire d'emblée une inconnue dans cette maison, où les parents les plus proches et les amis les plus sûrs n'étaient jamais admis sans précautions et sans lenteurs. La chanoinesse alla donner des ordres pour le souper de l'étrangère. Amélie voulut courir au pont-levis ; mais son oncle, tenant à honneur d'aller lui-même à la rencontre de son hôtesse, lui offrit son bras ; et force fut à

l'impétueuse petite baronne de se traîner majestueusement jusqu'au péristyle, où déjà la
chaise de poste venait de déposer sur les premières marches l'errante et fugitive Consuelo.

6

Depuis trois mois que la baronne Amélie
s'était mis en tête d'avoir une compagne,
pour l'instruire bien moins que pour dissiper
l'ennui de son isolement, elle avait fait cent
fois dans son imagination le portrait de sa
future amie. Connaissant l'humeur chagrine

du Porpora, elle avait craint qu'il ne lui en-
voyât une gouvernante austère et pédante.
Aussi avait-elle écrit en cachette au professeur, pour lui annoncer qu'elle ferait un très
mauvais accueil à toute gouvernante âgée de
plus de vingt-cinq ans, comme s'il n'eût pas
suffi qu'elle exprimât son désir à de vieux parents dont elle était l'idole et la souveraine.

En lisant la réponse du Porpora, elle fut si
transportée, qu'elle improvisa tout d'un trait
dans sa tête une nouvelle image de la musicienne, fille adoptive du professeur, jeune, et
Vénitienne surtout, c'est-à-dire, dans les
idées d'Amélie, faite exprès pour elle, à sa
guise et à sa ressemblance.

Elle fut donc un peu déconcertée lorsqu'au
lieu de l'espiègle enfant couleur de rose
qu'elle rêvait déjà, elle vit une jeune personne, pâle, mélancolique, et très interdite.
Car au chagrin profond dont son pauvre cœur

était accablé, et à la fatigue d'un long et ra-
pide voyage, une impression pénible et presque mortelle était venue se joindre dans
l'âme de Consuelo, au milieu de ces vastes
forêts de sapins battues par l'orage, au sein
de cette nuit lugubre traversée de livides
éclairs, et surtout à l'aspect de ce sombre
château , où les hurlements de la meute
du baron et la lueur des torches que portaient les serviteurs répandaient quelque
chose de vraiment sinistre. Quel contraste
avec le *firmamento lucido* de Marcello, le silence harmonieux des nuits de Venise, la liberté confiante de sa vie passée au sein de
l'amour et de la riante poésie! Lorsque la
voiture eut franchi lentement le pont-levis
qui résonna sourdement sous les pieds des
chevaux, et que la herse retomba derrière
elle avec un affreux grincement, il lui sembla
qu'elle entrait dans l'enfer duDante, et, saisie

de terreur, elle recommanda son âme à Dieu.

Sa figure était donc bouleversée lorsqu'elle
se présenta devant ses hôtes ; et celle du
comte Christian venant à la frapper tout
d'un coup, cette longue figure blême, flétrie
par l'âge et le chagrin, et ce grand corps
maigre et roide sous son costume antique,
elle crut voir le spectre d'un châtelain du
moyen-âge; et, prenant tout ce qui l'entourait
pour une vision, elle recula en étouffant un
cri d'effroi.

Le vieux comte, n'attribuant son hésitation
et sa pâleur qu'à l'engourdissement de la voiture et à la fatigue du voyage, lui offrit son
bras pour monter le perron, en essayant de
lui adresser quelques paroles d'intérêt et de
politesse. Mais le digne homme, outre que la
nature lui avait donné un extérieur froid et
réservé, était devenu depuis plusieurs années
d'une retraite absolue, tellement étranger au

monde, que sa timidité avait redoublé, et que, sous un aspect grave et sévère au premier abord, il cachait le trouble et la confusion d'un enfant. L'obligation qu'il s'imposa de parler italien (langue qu'il avait sue passablement, mais dont il n'avait plus l'habitude) ajoutant à son embarras, il ne put que balbutier quelques paroles que Consuelo entendit à peine, et qu'elle prit pour le langage inconnu et mystérieux des ombres.

Amélie, qui s'était promis de se jeter à son cou pour l'apprivoiser tout de suite, ne trouva rien à lui dire, ainsi qu'il arrive souvent par contagion aux natures les plus entreprenantes, lorsque la timidité d'autrui semble prête à reculer devant leurs prévenances.

Consuelo fut introduite dans la grande salle où l'on avait soupé. Le comte, partagé entre le désir de lui faire honneur, et la crainte de lui montrer son fils plongé dans un sommeil

léthargique, s'arrêta irrésolu ; et Consuelo,
toute tremblante, sentant ses genoux fléchir,
se laissa tomber sur le premier siège qui se
trouva auprès d'elle.

— Mon oncle, dit Amélie qui comprenait
l'embarras du vieux comte, je crois que nous
ferions bien de recevoir ici la signora. Il y fait
plus chaud que dans le grand salon, et elle
doit être transie par ce vent d'orage si froid
dans nos montagnes. Je vois avec chagrin
qu'elle tombe de fatigue, et je suis sûre
qu'elle a plus besoin d'un bon souper et d'un
bon sommeil que de toutes nos cérémonies.
N'est-il pas vrai, ma chère signora ? ajouta-
t-elle en s'enhardissant jusqu'à presser doucement de sa jolie main potelée le bras languissant de Consuelo.

Le son de cette voix fraîche qui prononçait
l'italien avec une rudesse allemande très-
franche, rassura Consuelo. Elle leva ses yeux

voilés par la crainte sur le joli visage de la
jeune baronne, et ce regard échangé entre
elles rompit la glace aussitôt. La voyageuse
comprit tout de suite que c'était là son élève,
et que cette charmante tête n'était pas celle
d'un fantôme. Elle répondit à l'étreinte de sa
main, confessa qu'elle était tout étourdie du
bruit de la voiture, et que l'orage l'avait
beaucoup effrayée. Elle se prêta à tous les
soins qu'Amélie voulut lui rendre, s'approcha du feu, se laissa débarrasser de son man-
telet, accepta l'offre du souper quoiqu'elle
n'eût pas faim le moins du monde, et, de
plus en plus rassurée par l'amabilité crois-
sante de sa jeune hôtesse, elle retrouva enfin
la faculté de voir, d'entendre et de répondre.

Tandis que les domestiques servaient le
souper, la conversation s'engagea naturellement sur le Porpora. Consuelo fut heureuse
d'entendre le vieux comte parler de lui

comme de son ami, de son égal, et presque
de son supérieur. Puis on en revint à parler
du voyage de Consuelo, de la route qu'elle
avait tenue, et surtout de l'orage qui avait
dû l'épouvanter. — Nous sommes habitués,
à Venise, répondit Consuelo, à des tempêtes
encore plus soudaines, et beaucoup plus dan-
gereuses ; car dans nos gondoles, en traversant la ville, et jusqu'au seuil de nos maisons,
nous risquons de faire naufrage. L'eau, qui
sert de pavé à nos rues, grossit et s'agite
comme les flots de la mer, et pousse nos bar-
ques fragiles le long des murailles avec tant
de violence, qu'elles peuvent s'y briser avant
que nous ayons eu le temps d'aborder. Cependant, bien que j'aie vue de près de semblables accidents et que je ne sois pas très-
peureuse, j'ai été plus effrayée ce soir que je
ne l'avais été de ma vie, par la chute d'un
grand arbre que la foudre a jeté du haut de

la montagne en travers de la route ; les chevaux se sont cabrés tout droit, et le postillon
s'est écrié : *C'est l'arbre du malheur qui tombe ;
c'est le Hussite !* Ne pourriez-vous m'expliquer, *signora baronessa*, ce que cela signifie ?

Ni le comte ni Amélie ne songèrent à répondre à cette question. Ils venaient de tressaillir fortement en se regardant l'un et l'autre. — Mon fils ne s'était donc pas trompé !
dit le vieillard ; étrange, étrange, en vérité !

Et, ramené à sa sollicitude pour Albert, il
sortit de la salle pour aller le rejoindre, tandis qu'Amélie murmurait en joignant les
mains : — Il y a ici de la magie, et le Diable
demeure avec nous !

Ces bizarres propos ramenèrent Consuelo
au sentiment de terreur superstitieuse qu'elle
avait éprouvé en entrant dans la demeure des
Rudolstadt. La subite pâleur d'Amélie, le silence solennel de ces vieux valets à culottes

rouges, à figures cramoisies, toutes semblables, toutes larges et carrées, avec ces yeux
sans regards et sans vie que donnent l'amour
et l'éternité de la servitude; la profondeur de
cette salle boisée de chêne noir, où la clarté
d'un lustre chargé de bougies ne suffisait pas
à dissiper l'obscurité; les cris de l'effraie qui
recommençait sa chasse après l'orage autour
du château; les grands portraits de famille,
les énormes têtes de cerf et de sanglier
sculptées en relief sur la boiserie, tout, jusqu'aux moindres circonstances, réveillait en
elle les sinistres émotions qui venaient à
peine de se dissiper. Les réflexions de la
jeune baronne n'étaient pas de nature à la
rassurer beaucoup. — Ma chère signora, disait-elle en s'apprêtant à la servir, il faut
vous préparer à voir ici des choses inouïes,
inexplicables, fastidieuses le plus souvent,
effrayantes parfois; de véritables scènes de

roman, que personne ne voudrait croire si vous les racontiez, et que vous serez enga-gée sur l'honneur à ensevelir dans un éter-nel silence.

Comme la baronne parlait ainsi, la porte s'ouvrit lentement, et la chanoinesse Wen-ceslawa, avec sa bosse, sa figure anguleuse et son costume sévère, rehaussé du grand cordon de son ordre qu'elle ne quittait ja-mais, entra de l'air le plus majestueusement affable qu'elle eût eu depuis le jour mémora-ble où l'impératrice Marie-Thérèse, au re-tour de son voyage en Hongrie, avait fait au château des Géants l'insigne honneur d'y prendre, avec sa suite, un verre d'hypocras et une heure de repos. Elle s'avança vers Consuelo, qui, surprise et terrifiée, la regar-dait d'un œil hagard sans songer à se lever, lui fit deux révérences, et, après un discours en allemand qu'elle semblait avoir appris par

cœur long-temps d'avance, tant il était compassé, s'approcha d'elle pour l'embrasser au
front. La pauvre enfant, plus froide qu'un
marbre, crut recevoir le baiser de la mort,
et, prête à s'évanouir, murmura un remer-
ciement inintelligible.

Quand la chanoinesse eut passé dans le salon, car elle voyait bien que sa présence in-
timidait la voyageuse plus qu'elle ne l'avait
désiré, Amélie partit d'un grand éclat de rire.
— Vous avez cru, je gage, dit-elle à sa compagne, voir le spectre de la reine Libussa ?
Mais tranquillisez-vous. Cette bonne chanoinesse est ma tante, la plus ennuyeuse et la
meilleure des femmes.

A peine remise de cette émotion, Consuelo
entendit craquer derrière elle de grosses
bottes hongroises. Un pas lourd et mesuré
ébranla le pavé, et une figure massive, rouge
et carrée au point que celles des gros servi-

teurs parurent pâles et fines à côté d'elle,
traversa la salle dans un profond silence, et
sortit par la grande porte que les valets lui
ouvrirent respectueusement. Nouveau tres-
saillement de Consuelo, nouveau rire d'Amélie. — Celui-ci, dit-elle, c'est le baron de
Rudolstadt, le plus chasseur, le plus dormeur,
et le plus tendre des pères. Il vient d'achever
sa sieste au salon. A neuf heures sonnant, il
se lève de son fauteuil, sans pour cela se réveiller : il traverse cette salle sans rien voir et
sans rien entendre, monte l'escalier, toujours
endormi ; se couche sans avoir conscience de
rien, et s'éveille avec le jour, aussi dispos,
aussi alerte, et aussi actif qu'un jeune homme, pour aller préparer ses chiens, ses chevaux et ses faucons pour la chasse.

A peine avait-elle fini cette explication,
que le chapelain vint à passer. Celui-là aussi
était gros, mais court et blême comme un

lymphatique. La vie contemplative ne convient pas à ces épaisses natures slaves, et l'embonpoint du saint homme était maladif. Il se contenta de saluer profondément les deux dames, parla bas à un domestique, et disparut par le même chemin que le baron avait pris. Aussitôt, le vieux Hanz et un autre de ces automates que Consuelo ne pouvait distinguer les uns des autres, tant ils appartenaient au même type robuste et grave, se dirigèrent vers le salon. Consuelo, ne trouvant plus la force de faire semblant de manger, se retourna pour les suivre des yeux. Mais avant qu'ils eussent franchi la porte située derrière elle, une nouvelle apparition plus saisissante que toutes les autres se présenta sur le seuil : c'était un jeune homme d'une haute taille et d'une superbe figure, mais d'une pâleur effrayante. Il était vêtu de noir de la tête aux pieds, et une riche pelisse de

velours garnie de martre était retenue sur ses
épaules par des brandebourgs et des agrafes
d'or. Ses longs cheveux, noirs comme l'ébène,
tombaient en désordre sur ses joues pâles, un
peu voilées par une barbe soyeuse qui bou-
clait naturellement. Il fit aux serviteurs qui
s'étaient avancés à sa rencontre un geste im-
pératif, qui les força de reculer et les tint
immobiles à distance, comme si son regard
les eût fascinés. Puis, se retournant vers le
comte Christian, qui venait derrière lui : —
Je vous assure, mon père, dit-il d'une voix
harmonieuse et avec l'accent le plus noble,
que je n'ai jamais été aussi calme. Quelque
chose de grand s'est accompli dans ma destinée, et la paix du ciel est descendue sur
notre maison.

— Que Dieu t'entende, mon enfant! répondit le vieillard en étendant la main comme
pour le bénir.

Le jeune homme inclina profondément sa tête sous la main de son père; puis, se redressant avec une expression douce et sereine, il s'avança jusqu'au milieu de la salle, sourit faiblement en touchant du bout des doigts la main que lui tendait Amélie, et regarda fixement Consuelo pendant quelques secondes. Frappée d'un respect involontaire, Consuelo le salua en baissant les yeux. Mais il ne lui rendit pas son salut, et continua à la regarder.

— Cette jeune personne, lui dit la chanoinesse en allemand, c'est celle que.... Mais il l'interrompit par un geste qui semblait dire : Ne me parlez pas, ne dérangez pas le cours de mes pensées. Puis il se détourna sans donner le moindre témoignage de surprise ou d'intérêt, et sortit lentement par la grande porte.

— Il faut, ma chère demoiselle, dit la chanoinesse, que vous excusiez...

— Ma tante, je vous demande pardon de vous interrompre, dit Amélie ; mais vous parlez allemand à la signora qui ne l'entend point.

— Pardonnez-moi, bonne signora, répondit Consuelo en italien ; j'ai parlé beaucoup de langues dans mon enfance, car j'ai beaucoup voyagé ; je me souviens assez de l'allemand pour le comprendre parfaitement. Je n'ose pas encore essayer de le prononcer ; mais si vous voulez me donner quelques leçons, j'espère m'y remettre dans peu de joûrs.

— Vraiment, c'est comme moi, repartit la chanoinesse en allemand. Je comprends tout ce que dit Mademoiselle, et cependant je ne saurais parler sa langue. Puisqu'elle m'entend, je lui dirai que mon neveu vient de

faire, en ne la saluant pas, une impolitesse
qu'elle voudra bien pardonner, lorsqu'elle
saura que ce jeune homme a été ce soir fortement indisposé..... et qu'après son éva-
nouissement il était encore si faible, que
sans doute il ne l'a point vue... N'est-il pas
vrai, mon frère? ajouta la bonne Wenceslawa, toute troublée des mensonges qu'elle
venait de faire, et cherchant son excuse
dans les yeux du comte Christian.

— Ma chère sœur, répondit le vieillard,
vous êtes généreuse d'excuser mon fils. La
signora voudra bien ne pas trop s'étonner de
certaines choses que nous lui apprendrons
demain à cœur ouvert, avec la confiance
que doit nous inspirer la fille adoptive du
Porpora, j'espère dire bientôt l'amie de notre
famille.

C'était l'heure où chacun se retirait, et la
maison était soumise à des habitudes si ré-

gulières, que si les deux jeunes filles fussent
restées plus longtemps à table, les serviteurs, comme de véritables machines, eussent
emporté, je crois, leurs sièges et soufflé les
bougies sans tenir compte de leur présence.
D'ailleurs il tardait à Consuelo de se retirer;
et Amélie la conduisit à la chambre élégante
et confortable qu'elle lui avait fait réserver
tout à côté de la sienne propre.

— J'aurais bien envie de causer avec vous
une heure ou deux, lui dit-elle aussitôt que
la chanoinesse, qui avait fait gravement les
honneurs de l'appartement, se fut retirée. Il
me tarde de vous mettre au courant de tout
ce qui se passe ici, avant que vous ayez à
supporter nos bizarreries. Mais vous êtes si
fatiguée que vous devez désirer avant tout
de vous reposer.

— Qu'à cela ne tienne, signora, répondit
Consuelo. J'ai les membres brisés, il est vrai;

mais j'ai la tête si échauffée, que je suis bien
certaine de ne pas dormir de la nuit. Ainsi
parlez-moi tant que vous voudrez ; mais à
condition que ce sera en allemand, cela me
servira de leçon ; car je vois que l'italien
n'est pas familier au seigneur comte, et encore moins à madame la chanoinesse.

— Faisons un accord, dit Amélie. Vous
allez vous mettre au lit pour reposer vos
pauvres membres brisés. Pendant ce temps,
j'irai passer une robe de nuit et congédier
ma femme de chambre. Je reviendrai après
m'asseoir à votre chevet, et nous parlerons
allemand jusqu'à ce que le sommeil nous
vienne. Est-ce convenu ?—De tout mon cœur,
répondit la nouvelle gouvernante.

7

— Sachez donc, ma chère... dit Amélie
lorsqu'elle eut fait ses arrangements pour la
conversation projetée. Mais je m'aperçois
que je ne sais point votre nom, ajouta-t-elle
en souriant. Il serait temps de supprimer
entre nous les titres et les cérémonies. Je

veux que vous m'appeliez désormais Amélie,
comme je veux vous appeler...

— J'ai un nom étranger, difficile à prononcer, répondit Consuelo. L'excellent maître Porpora, en m'envoyant ici, m'a ordonné
de prendre le sien, comme c'est l'usage des
protecteurs ou des maîtres envers leurs
élèves privilégiés; je partage donc désormais, avec le grand chanteur Huber (dit le
Porporino), l'honneur de me nommer la
Porporina; mais par abréviation vous m'ap-
pellerez, si vous voulez, tout simplement
Nina.

— Va pour Nina, entre nous, reprit Amélie. Maintenant écoutez-moi, car j'ai une
assez longue histoire à vous raconter, et si
je ne remonte un peu haut dans le passé,
vous ne pourrez jamais comprendre ce qui
se passe aujourd'hui dans cette maison.

— Je suis toute attention et toute oreilles, dit la nouvelle Porporina.

— Vous n'êtes pas, ma chère Nina, sans connaître un peu l'histoire de la Bohême? dit la jeune baronne.

— Hélas! répondit Consuelo, ainsi que mon maître a dû vous l'écrire, je suis tout à fait dépourvue d'instruction; je connais tout au plus un peu l'histoire de la musique; mais celle de la Bohême, je ne la connais pas plus que celle d'aucun pays du monde.

— En ce cas, reprit Amélie, je vais vous en dire succinctement ce qu'il vous importe d'en savoir pour l'intelligence de mon récit. Il y a trois cents ans et plus, le peuple opprimé et effacé au milieu duquel vous voici transplantée était un grand peuple, audacieux, indomptable, héroïque. Il avait dès lors, à la vérité, des maîtres étrangers, une religion qu'il ne comprenait pas bien et

qu'on voulait lui imposer de force. Des
moines innombrables le pressuraient; un
roi cruel et débauché se jouait de sa dignité
et froissait toute ses sympathies. Mais une
fureur secrète, une haine profonde, fermen-
taient de plus en plus, et un jour l'orage
éclata : les maîtres étrangers furent chassés,
la religion fut réformée, les couvents pillés
et rasés, l'ivrogne Wenceslas jeté en prison
et dépouillé de sa couronne. Le signal de la
révolte avait été le supplice de Jean Huss et
de Jérôme de Prague, deux savants coura-
geux de Bohême qui voulaient examiner et
éclaircir le mystère du catholicisme, et qu'un
concile appela, condamna et fit brûler, après
leur avoir promis la vie sauve et la liberté
de la discussion. Cette trahison et cette in-
famie furent si sensibles à l'honneur national, que la guerre ensanglanta la Bohême et
une grande partie de l'Allemagne, pendant

de longues années. Cette guerre d'extermi-
nation fut appelée la guerre des Hussites.
Des crimes odieux et innombrables y furent
commis de part et d'autre. Les mœurs du
temps étaient farouches et impitoyables sur
toute la face de la terre. L'esprit de parti et
le fanatisme religieux les rendirent plus terribles encore, et la Bohême fut l'épouvante
de l'Europe. Je n'effraierai pas votre imagination, déjà émue de l'aspect de ce pays
sauvage, par le récit des scènes effroyables
qui s'y passèrent. Ce ne sont, d'une part,
que meurtres, incendies, pestes, bûchers,
destructions, églises profanées, moines et
religieux mutilés, pendus, jetés dans la poix
bouillante ; de l'autre, que villes détruites,
pays désolés, trahisons, mensonges, cruautés, hussites jetés par milliers dans les mines,
comblant des abîmes de leurs cadavres, et
jonchant la terre de leurs ossements et de

ceux de leurs ennemis. Ces affreux Hussites
furent long-temps invincibles ; aujourd'hui
nous ne prononçons leur nom qu'avec effroi :
et cependant leur patriotisme, leur constance intrépide et leurs exploits fabuleux
laissent en nous un secret sentiment d'admiration et d'orgueil que de jeunes esprits
comme le mien ont parfois de la peine à dissimuler.

— Et pourquoi dissimuler ? demanda Consuelo naïvement.

— C'est que la Bohême est retombée,
après bien des luttes, sous le joug de l'esclavage ; c'est qu'il n'y a plus de Bohême, ma
pauvre Nina. Nos maîtres savaient bien que
la liberté religieuse de notre pays, c'était sa
liberté politique. Voilà pourquoi ils ont
étouffé l'une et l'autre.

— Voyez, reprit Consuelo, combien je suis
ignorante ! Je n'avais jamais entendu parler

de ces choses, et je ne savais pas que les hommes eussent été si malheureux et si méchants.

— Cent ans après Jean Huss, un nouveau savant, un nouveau sectaire, un pauvre moine, appelé Martin Luther, vint réveiller l'esprit national, et inspirer à la Bohême et à toutes les provinces indépendantes de l'Allemagne la haine du joug étranger et la révolte contre les papes. Les plus puissants rois demeurèrent catholiques, non pas tant par amour de la religion que par amour du pouvoir absolu. L'Autriche s'unit à nous pour nous accabler, et une nouvelle guerre, appelée la guerre de trente ans, vint ébranler et détruire notre nationalité. Dès le commencement de cette guerre, la Bohême fut la proie du plus fort; l'Autriche nous traita en vaincus, nous ôta notre foi, notre liberté, notre langue, et jusqu'à notre nom.

Nos pères résistèrent courageusement, mais le joug impérial s'est de plus en plus appesanti sur nous. Il y a cent vingt ans que notre noblesse, ruinée et décimée par les exactions, les combats et les supplices, a été forcée de s'expatrier ou de se dénationaliser, en abjurant ses origines, en germanisant ses noms (faites attention à ceci) et en renonçant à la liberté de ses croyances religieuses. On a brûlé nos livres, on a détruit nos écoles, on nous a fait Autrichiens en un mot. Nous ne sommes plus qu'une province de l'Empire, et vous entendez parler allemand dans un pays slave ; c'est vous en dire assez.

— Et maintenant, vous souffrez de cet esclavage et vous en rougissez? Je le comprends, et je hais déjà l'Autriche de tout mon cœur.

— Oh! parlez plus bas! s'écria la jeune baronne. Nul ne peut parler ainsi sans danger, sous le ciel noir de la Bohême ; et dans ce château, il n'y a qu'une seule personne qui ait l'audace et la folie de dire ce que vous venez de dire, ma chère Nina ! C'est mon cousin Albert.

— Voilà donc la cause du chagrin qu'on lit sur son visage ? Je me suis sentie saisie de respect en le regardant.

— Ah ! ma belle lionne de Saint-Marc ! dit Amélie, surprise de l'animation généreuse qui tout-à-coup fit resplendir le pâle visage de sa compagne ; vous prenez les choses trop au sérieux. Je crains bien que dans peu de jours mon pauvre cousin ne vous inspire plus de pitié que de respect.

— L'un pourrait bien ne pas empêcher l'autre, reprit Consuelo ; mais expliquez-vous, chère baronne.

— Écoutez bien, dit Amélie, Nous sommes une famille très catholique, très fidèle à l'é-

glise et à l'empire. Nous portons un nom
saxon, et nos ancêtres de la branche saxonne
furent toujours très-orthodoxes. Si ma tante
la chanoinesse entreprend un jour, pour votre malheur, de vous raconter les services
que nos aïeux les comtes et les barons alle-
mands ont rendus à la sainte cause, vous
verrez qu'il n'y a pas, selon elle, la plus petite tache d'hérésie sur notre écusson.
Même au temps où la Saxe était protestante,
les Rudolstadt aimèrent mieux abandonner
leurs électeurs protestants que le giron de
l'église romaine. Mais ma tante ne s'avisera
jamais de vanter ces choses-là en présence
du comte Albert, sans quoi vous entendriez
dire à celui-ci les choses les plus surpre-
nantes que jamais oreilles humaines aient en-
tendues.

— Vous piquez toujours ma curiosité sans
la satisfaire. Je comprends jusqu'ici que je ne

dois pas avoir l'air, devant vos nobles parents, de partager vos sympathies et celle
du comte Albert pour la vieille Bohême.
Vous pouvez, chère baronne, vous en rapporter à ma prudence. D'ailleurs je suis née
en pays catholique, et le respect que j'ai
pour ma religion, autant que celui que je
dois à votre famille, suffiraient pour m'imposer silence en toute occasion.

— Ce sera prudent ; car je vous avertis
encore une fois que nous sommes terrible-
ment collets-montés à cet endroit-là. Quant
à moi, en particulier , chère Nina, je suis de
meilleure composition. Je ne suis ni protestante ni catholique. J'ai été élevée par des
religieuses ; leurs sermons et leurs patenôtres
m'ont ennuyée considérablement. Le même
ennui me poursuit jusqu'ici, et ma tante
Wenceslawa résume en elle seule le pédan-
tisme et les superstitions de toute une com-

munauté. Mais je suis trop de mon siècle
pour me jeter par réaction dans les controverses non moins assommantes des luthériens : et quant aux hussites, c'est de l'histoire si ancienne, que je n'en suis guère
plus engouée que de la gloire des Grecs ou
des Romains. L'esprit français est mon idéal,
et je ne crois pas qu'il y ait d'autre raison,
d'autre philosophie et d'autre civilisation que
celle que l'on pratique dans cet aimable et
riant pays de France, dont je lis quelquefois les écrits en cachette, et dont j'aperçois
le bonheur, la liberté et les plaisirs de loin,
comme dans un rêve à travers les fentes de
ma prison.

— Vous me surprenez à chaque instant
davantage, dit Consuelo avec simplicité.
D'où vient donc que tout-à-l'heure vous me
sembliez pleine d'héroïsme en rappelant les
exploits de vos antiques Bohémiens ? Je vous

ai crue Bohémienne et quelque peu hérétique.

— Je suis plus qu'hérétique, et plus que
Bohémienne, répondit Amélie en riant, je suis
un peu incrédule, et tout-à-fait rebelle.
Je hais toute espèce de domination, qu'elle
soit spirituelle ou temporelle, et je pro-
teste tout bas contre l'Autriche, qui de
toutes les duègnes est la plus guindée et la
plus dévote.

— Et le comte Albert est-il incrédule de
la même manière ? A-t-il aussi l'esprit français ? Vous devez, en ce cas, vous entendre à
merveille ?

— Oh! nous ne nous entendons pas le
moins du monde, et voici, enfin, après tous
mes préambules nécessaires, le moment de
vous parler de lui.

Le comte Christian, mon oncle, n'eut pas
d'enfants de sa première femme. Remarié

à l'âge de quarante ans, il eut de la seconde
cinq fils qui moururent tous, ainsi que leur
mère, de la même maladie née avec eux, une
douleur continuelle et une sorte de fièvre
dans le cerveau. Cette seconde femme était
de pur sang Bohême, et avait, dit-on, une
grande beauté et beaucoup d'esprit. Je ne
l'ai pas connue. Vous verrez son portrait, en
corset de pierreries et en manteau d'écar-
late, dans le grand salon. Albert lui ressemble prodigieusement. C'est le sixième et le
dernier de ses enfants, le seul qui ait atteint
l'âge de trente ans; et ce n'est pas sans
peine : car, sans être malade en apparence,
il a passé par de rudes épreuves, et d'étranges symptômes de maladie du cerveau donnent encore à craindre pour ses jours. Entre
nous, je ne crois pas qu'il dépasse de beaucoup ce terme fatal que sa mère n'a pu
r'anchir. Quoiqu'il fût né d'un père déjà

avancé en âge, Albert est doué pourtant
d'une forte constitution ; mais, comme il le
dit lui-même, le mal est dans son âme, et ce
mal a été toujours en augmentant. Dès sa
première enfance, il eut l'esprit frappé d'i-
dées bizarres et superstitieuses. A l'âge de
quatre ans, il prétendait voir souvent sa mère
auprès de son berceau, bien qu'elle fût
morte et qu'il l'eût vu ensevelir. La nuit, il
s'éveillait pour lui répondre ; et ma tante
Wenceslawa en fut parfois si effrayée, qu'elle
faisait toujours coucher plusieurs femmes
dans sa chambre auprès de l'enfant, tandis
que le chapelain usait je ne sais combien
d'eau bénite pour exorciser le fantôme, et
disait des messes par douzaines pour l'obli-
ger à se tenir tranquille. Mais rien n'y fit ;
car l'enfant n'ayant plus parlé de ces apparitions pendant bien long-temps, il avoua
pourtant un jour en confidence à sa nourrice

qu'il voyait toujours *sa petite mère*, mais
qu'il ne voulait plus le raconter, parce que
M. le chapelain disait ensuite dans la chambre de méchantes paroles pour l'empêcher
de revenir.

C'était un enfant sombre et taciturne. On
s'efforçait de le distraire, on l'accablait de
jouets et de divertissements qui ne servirent
pendant long-temps qu'à l'attrister davantage. Enfin on prit le parti de ne pas contrarier le goût qu'il montrait pour l'étude, et en
effet, cette passion satisfaite lui donna plus
d'animation ; mais cela ne fit que changer sa
mélancolie calme et languissante en une
exaltation bizarre, mêlée d'accès de chagrin dont les causes étaient impossibles à
prévoir et à détourner. Par exemple, lorsqu'il voyait des pauvres, il fondait en larmes, et se dépouillait de toutes ses petites
richesses, se reprochant et s'affligeant tou-

jours de ne pouvoir leur donner assez. S'il voyait battre un enfant, ou rudoyer un paysan, il entrait dans de telles indignations, qu'il tombait ou évanoui, ou en convulsion pour des heures entières. Tout cela annonçait un bon naturel et un grand cœur; mais les meilleures qualités poussées à l'excès deviennent des défauts ou des rididules. La raison ne se développait point dans le jeune Albert en même temps que le sentiment et l'imagination. L'étude de l'histoire le passionnait sans l'éclairer. Il était toujours, en apprenant les crimes et les injustices des hommes, agité d'émotions par trop naïves, comme ce roi barbare qui, en écoutant la lecture de la passion de Notre-Seigneur, s'écriait en brandissant sa lance : — Ah ! si j'avais été là avec mes hommes d'armes, de telles choses ne seraient pas arrivées ! j'aurais haché ces méchants Juifs en mille pièces !

Albert ne pouvait pas accepter les hommes pour ce qu'ils ont été et pour ce qu'ils
sont encore. Il trouvait le ciel injuste de ne
les avoir pas créés tous bons et compatis-
sants comme lui ; et à force de tendresse et
de vertu, il ne s'apercevait pas qu'il devenait
impie et misanthrope. Il ne comprenait que
ce qu'il éprouvait, et, à dix-huit ans, il était
aussi incapable de vivre avec les hommes et
de jouer dans la société le rôle que sa position exigeait, que s'il n'eût eu que six mois.
Si quelqu'un émettait devant lui une de ces
pensées d'égoïsme dont notre pauvre monde
fourmille et sans lequel il n'existerait pas,
sans se soucier de la qualité de cette personne, ni des égards que sa famille pouvait
lui devoir, il lui montrait sur-le-champ un
éloignement invincible, et rien ne l'eût décidé à lui faire le moindre accueil. Il faisait
sa société des êtres les plus vulgaires et les

plus disgrâciés de la fortune et même de la
nature. Dans les jeux de son enfance, il ne se
plaisait qu'avec les enfants des pauvres, et
surtout avec ceux dont la stupidité ou les infirmités n'eussent inspiré à tout autre que
l'ennui et le dégoût. Il n'a pas perdu ce singulier penchant, et vous ne serez pas long-
temps ici sans en avoir la preuve.

Comme, au milieu de ces bizarreries, il
montrait beaucoup d'esprit, de mémoire et
d'aptitude pour les beaux-arts, son père et
sa bonne tante Wenceslawa, qui l'élevaient
avec amour, n'avaient point sujet de rougir
de lui dans le monde. On attribuait ses ingé-
nuités à un peu de sauvagerie, contractée
dans les habitudes de la campagne ; et lorsqu'il était disposé à les pousser trop loin, on
avait soin de le cacher, sous quelque pré-
texte, aux personnes qui auraient pu s'en offenser. Mais, malgré ses admirables qualités

et ses heureuses dispositions, le comte et la
chanoinesse voyaient avec effroi cette nature indépendante et insensible à beaucoup
d'égards, se refuser de plus en plus aux lois
de la bienséance et aux usages du monde.

— Mais jusqu'ici, interrompit Consuelo,
je ne vois rien qui prouve cette déraison
dont vous parlez.

— C'est que vous êtes vous-même, à ce
que je pense, répondit Amélie, une belle
âme tout-à-fait candide... Mais peut-être
êtes-vous fatiguée de m'entendre babiller,
et voulez-vous essayer de vous endormir.

— Nullement, chère baronne, je vous sup-
plie de continuer, répondit Consuelo.

Amélie reprit son récit en ces termes :

8

Vous dites, chère Nina, que vous ne voyez jusqu'ici aucune extravagance dans les faits et gestes de mon pauvre cousin. Je vais vous en donner de meilleures preuves. Mon oncle et ma tante sont, à coup sûr, les meilleurs chrétiens et les âmes les plus charitables

qu'il y ait au monde. Ils ont toujours ré-
pandu les aumônes autour d'eux à pleines
mains, et il est impossible de mettre moins
de faste et d'orgueil dans l'emploi des richesses que ne le font ces dignes parents.
Eh bien! mon cousin trouvait leur manière
de vivre tout–à–fait contraire à l'esprit évan-
gélique. Il eût voulu qu'à l'exemple des premiers chrétiens, ils vendissent leurs biens,
et se fissent mendiants, après les avoir dis-
tribués aux pauvres. S'il ne disait pas cela
précisément, retenu par le respect et l'a-
mour qu'il leur portait, il faisait bien voir
que telle était sa pensée, en plaignant avec
amertume le sort des misérables qui ne font
que souffrir et travailler, tandis que les
riches vivent dans le bien–être et l'oisiveté.
Quand il avait donné tout l'argent qu'on lui
permettait de dépenser, ce n'était, selon lui,
qu'une goutte d'eau dans la mer; et il de-

mandait d'autres sommes plus considérables,
qu'on n'osait trop lui refuser, et qui s'écou-
laient comme de l'eau entre ses mains. Il en
a tant donné, que vous ne verrez pas un in-
digent dans le pays qui nous environne; et
je dois dire que nous ne nous en trouvons
pas mieux : car les exigences des petits et
leurs besoins augmentent en raison des con-
cessions qu'on leur fait, et nos bons paysans,
jadis si humbles et si doux, lèvent beaucoup
la tête, grâce aux prodigalités et aux beaux
discours de leur jeune maître. Si nous n'a-
vions la force impériale au-dessus de nous
tous, pour nous protéger d'une part, tandis
qu'elle nous opprime de l'autre, je crois que
nos terres et nos châteaux eussent été pillés
et dévastés vingt fois par les bandes de
paysans des districts voisins que la guerre a
affamés, et que l'inépuisable pitié d'Albert
(célèbre à trente lieues à la ronde) nous a

mis sur le dos, surtout dans ces dernières affaires de la succession de l'empereur Charles.

Lorsque le comte Christian voulait faire au jeune Albert quelques sages remon- trances, lui disant que donner tout dans un jour, c'était s'ôter le moyen de donner le lendemain: — Eh quoi, mon père bien-aimé, lui répondait-il, n'avons-nous pas, pour nous abriter, un toit qui durera plus que nous, tandis que des milliers d'infortunés n'ont que le ciel inclément et froid sur leurs têtes? N'avons-nous pas chacun plus d'habits qu'il n'en faudrait pour vêtir une de ces familles couvertes de haillons? Ne vois-je point sur notre table, chaque jour, plus de viandes et de bons vins de Hongrie qu'il n'en faudrait pour rassasier et reconforter ces mendiants épuisés de besoin et de lassitude? Avons- nous le droit de refuser quelque chose tant

que nous avons au-delà du nécessaire? Et le
nécessaire même, nous est-il permis d'en
user quand les autres ne l'ont pas? La loi du
Christ a-t-elle changé?

Que pouvaient répondre à de si belles paroles le comte et la chanoinesse, et le chapelain, qui avaient élevé ce jeune homme dans
des principes de religion si fervents et si
austères? Aussi se trouvaient-ils bien em-
barrassés en le voyant prendre ainsi les
choses au pied de la lettre, et ne vouloir accepter aucune de ces transactions avec le
siècle, sur lesquelles repose pourtant, ce me
semble, tout l'édifice des sociétés.

C'était bien autre chose quand il s'agissait
de politique. Albert trouvait monstrueuses
ces lois humaines qui autorisent les souverains à faire tuer des millions d'hommes, et à
ruiner des contrées immenses, pour les caprices de leur orgueil et les intérêts de leur

vanité. Son intolérance sur ce point devenait
dangereuse, et ses parents n'osaient plus le
mener à Vienne, ni à Prague, ni dans aucune grande ville, où son fanatisme de
vertu leur eût fait de mauvaises affaires. Ils
n'étaient pas plus rassurés à l'endroit de ses
principes religieux ; car il y avait, dans sa
piété exaltée, tout ce qu'il faut pour faire un
hérétique à pendre et à brûler. Il haïssait
les papes, ces apôtres de Jésus-Christ qui se
liguent avec les rois contre le repos et la dignité des peuples. Il blâmait le luxe des
évêques et l'esprit mondain des abbés, et
l'ambition de tous les hommes d'Eglise. Il
faisait au pauvre chapelain des sermons re-
nouvelés de Luther et de Jean Huss ; et cependant Albert passait des heures entières
prosterné sur le pavé des chapelles, plongé
dans des méditations et des extases dignes
d'un saint. Il observait les jeûnes et les abs-

tinences bien au-delà des prescriptions de
l'Eglise ; on dit même qu'il portait un cilice,
et qu'il fallut toute l'autorité de son père
et toute la tendresse de sa tante pour le
faire renoncer à ces macérations, qui ne
contribuaient pas peu à exalter sa pauvre
tête.

Quand ces bons et sages parents virent
qu'il était en chemin de dissiper tout son pa-
trimoine en peu d'années, et de se faire jeter
en prison comme rebelle à la Sainte-Eglise et
au Saint-Empire, ils prirent enfin avec douleur, le parti de le faire voyager, espérant
qu'à force de voir les hommes et leurs lois
fondamentales, à peu près les mêmes dans
tout le monde civilisé, il s'habituerait à vivre
comme eux et avec eux. Ils le confièrent donc à
un gouverneur, fin jésuite, homme du monde
et homme d'esprit s'il en fut, qui comprit son
rôle à demi-mot, et se chargea, dans sa

conscience, de prendre sur lui tout ce qu'on
n'osait pas lui demander. Pour parler clair,
il s'agissait de corrompre et d'émousser cette
âme farouche, de la façonner au joug social,
en lui infusant goutte à goutte les poisons si
doux et si nécessaires de l'ambition, de la
vanité, de l'indifférence religieuse, politique
et morale. — Ne froncez pas ainsi le sourcil
en m'écoutant, chère Porporina. Mon digne
oncle est un homme simple et bon, qui, dès
sa jeunesse, a accepté toutes ces choses,
telles qu'on les lui a données, et qui a su, dans
tout le cours de sa vie, concilier, sans hypo-
crisie et sans examen, la tolérance et la religion, les devoirs du chrétien et ceux du
grand seigneur. Dans un monde et dans un
siècle où l'on trouve un homme comme Albert sur des millions comme nous autres,
celui qui marche avec le siècle et le monde
est sage, et celui qui veut remonter de deux

mille ans dans le passé est un fou qui
scandalise ses pareils et ne convertit personne.

Albert a voyagé pendant huit ans. Il a vu
l'Italie, la France, l'Angleterre, la Prusse, la
Pologne, la Russie, les Turcs même; il est
revenu par la Hongrie, l'Allemagne méri-
dionale et la Bavière. Il s'est conduit sagement durant ces longues excursions, ne dé-
pensant point au-delà du revenu honorable
que ses parents lui avaient assigné, leur écri-
vant des lettres fort douces et très-affec-
tueuses, où il ne parlait jamais que des choses
qui avaient frappé ses yeux, sans faire aucune réflexion approfondie sur quoi que ce fût,
et sans donner à l'abbé, son gouverneur,
aucun sujet de plainte ou d'ingratitude.

Revenu ici au commencement de l'année
dernière, après les premiers embrassements,
il se retira, dit-on, dans la chambre qu'avait

habitée sa mère, y resta enfermé pendant
plusieurs heures, et en sortit fort pâle, pour
s'en aller promener seul sur la montagne.

Pendant ce temps, l'abbé parla en confidence à la chanoinesse Wenceslawa et au
chapelain, qui avaient exigé de lui une complète sincérité sur l'état physique et moral
du jeune comte. Le comte Albert, leur dit-
il, soit que l'effet du voyage l'ait subitement
métamorphosé, soit que, d'après ce que vos
seigneuries m'avaient raconté de son enfance, je me fusse fait une fausse idée de lui,
le comte Albert, dis-je, s'est montré à moi,
dès le premier jour de notre association, tel
que vous le verrez aujourd'hui, doux, calme,
longanime, patient, et d'une exquise politesse. Cette excellente manière d'être ne
s'est pas démentie un seul instant, et je
serais le plus injuste des hommes si je formu-
lais la moindre plainte contre lui. Rien de ce

que je craignais de ses folles dépenses, de
ses brusqueries, de ses déclamations, de son
ascétisme exalté, n'est arrivé. Il ne m'a pas
demandé une seule fois à administrer par
lui-même la petite fortune que vous m'aviez
confiée, et n'a jamais exprimé le moindre
mécontentement. Il est vrai que j'ai toujours
prévenu ses désirs, et que, lorsque je voyais
un pauvre s'approcher de sa voiture, je me
hâtais de le renvoyer satisfait avant qu'il eût
tendu la main. Cette façon d'agir a complé-
tement réussi, et je puis dire que le spectacle de la misère et des infirmités n'ayant
presque plus attristé les regards de sa seigneurie, elle ne m'a pas semblé une seule
fois se rappeler ses anciennes préoccupa-
tions sur ce point. Jamais je ne l'ai entendu
gronder personne, ni blâmer aucun usage,
ni porter un jugement défavorable sur aucune institution. Cette dévotion ardente,

dont vous redoutiez l'excès, a semblé faire
place à une régularité de conduite et de pratiques tout-à-fait convenables à un homme
du monde. Il a vu les plus brillantes cours
de l'Europe, et les plus nobles compagnies
sans paraître ni enivré ni scandalisé d'aucune
chose. Partout on a remarqué sa belle figure,
son noble maintien, sa politesse sans emphase, et le bon goût qui présidait aux paroles qu'il a su dire toujours à propos. Ses
mœurs sont demeurées aussi pures que celles
d'une jeune fille parfaitement élevée, sans
qu'il ait montré aucune pruderie de mauvais
ton. Il a vu les théâtres, les musées et les
monuments; il a parlé sobrement et judicieusement sur les arts. Enfin je ne conçois
en aucune façon l'inquiétude qu'il avait
donnée à vos seigneuries, n'ayant jamais vu,
pour ma part, d'homme plus raisonnable.
S'il y a quelque chose d'extraordinaire en

lui, c'est précisémeet cette mesure, cette prudence, ce sang-froid, cette absence d'en- traînements et de passions que je n'ai jamais rencontrés dans un jeune homme aussi avantageusement pourvu par la nature, la naissance, et la fortune.

Ceci n'était, au reste, que la confirmation des fréquentes lettres que l'abbé avait écrites à la famille; mais on avait toujours craint quelque exagération de sa part, et l'on n'é- tait vraiment tranquille que de ce moment où il affirmait la guérison morale de mon cousin, sans crainte d'être démenti par la conduite qu'il tiendrait sous les yeux de ses parents. On accabla l'abbé de présents et de caresses, et l'on attendit avec impatience qu'Albert fût rentré de sa promenade. Elle dura long-temps, et, lorsqu'il vint enfin se mettre à table à l'heure du souper, on fut frappé de la pâleur et de la gravité de sa

physionomie. Dans le premier moment d'effusion, ses traits avaient exprimé une satisfaction douce et profonde qu'on n'y retrou-
vait déjà plus. On s'en étonna, et on en
parla tout bas à l'abbé avec inquiétude. Il
regarda Albert, et se retournant avec surprise vers ceux qui l'interrogeaient dans un
coin de l'appartement : — Je ne trouve rien
d'extraordinaire dans la figure de monsieur
le comte, répondit-il ; il a l'expression digne
et paisible que je lui ai vue depuis huit ans
que j'ai l'honneur de l'accompagner.

Le comte Christian se paya de cette réponse.

— Nous l'avons quitté encore paré des
roses de l'adolescence, dit-il à sa sœur, et
souvent, hélas! en proie à une sorte de
fièvre intérieure qui faisait éclater sa voix
et briller ses regards ; nous le retrouvons
bruni par le soleil des contrées méridionales,

un peu creusé par la fatigue peut-être, et de plus entouré de la gravité qui convient à un homme fait. Ne trouvez-vous pas, ma chère sœur, qu'il est mieux ainsi ?

— Je lui trouve l'air bien triste sous cette gravité, répondit ma bonne tante, et je n'ai jamais vu un homme de vingt-huit ans aussi flegmatique et aussi peu discoureur. Il nous répond par monosyllabes.

— Monsieur le comte a toujours été fort sobre de paroles, répondit l'abbé.

— Il n'était point ainsi autrefois, dit la chanoinesse. S'il avait des semaines de silence et de méditation, il avait des jours d'expansion et des heures d'éloquence.

— Je ne l'ai jamais vu se départir, reprit l'abbé, de la réserve que votre seigneurie remarque en ce moment.

— L'aimiez-vous donc mieux alors qu'il parlait trop, et disait des choses qui nous faisaient trembler? dit le comte Christian à sa sœur alarmée; voilà bien les femmes!

— Mais il existait, dit-elle, et maintenant il a l'air d'un habitant de l'autre monde, qui ne prend aucune part aux affaires de celui-ci.

— C'est le caractère constant de monsieur le comte, répondit l'abbé; c'est un homme concentré, qui ne fait part à personne de ses impressions, et qui, si je dois dire toute ma pensée, ne s'impressionne de presque rien d'extérieur. C'est le fait des personnes froides, sensées, réfléchies. Il est ainsi fait, et je crois qu'en cherchant à l'exciter, on ne ferait que porter le trouble dans cette âme ennemie de l'action et de toute initiative dangereuse.

— Oh! je fais serment que ce n'est pas là son vrai caractère! s'écria la chanoinesse.

— Madame la chanoinesse reviendra des

préventions qu'elle se forme contre un si rare avantage.

— En effet, ma sœur, dit le comte, je trouve que monsieur l'abbé parle fort sagement. N'a-t-il pas obtenu par ses soins et sa condescendance le résultat que nous avons tant désiré ? N'a-t-il pas détourné les malheurs que nous redoutions ? Albert s'annonçait comme un prodigue, un enthousiaste, un téméraire. Il nous revient tel qu'il doit être pour mériter l'estime, la confiance et la considération de ses semblables.

— Mais effacé comme un vieux livre, dit la chanoinesse, ou peut-être raidi contre toutes choses, et dédaigneux de tout ce qui ne répond pas à ses secrets instincts. Il ne semble point heureux de nous revoir, nous qui l'attendions avec tant d'impatience !

— M. le comte était impatient lui-même de revenir, reprit l'abbé ; je le voyais, bien qu'il ne le manifestât pas ouvertement. Il est si peu démonstratif! La nature l'a fait recueilli.

— La nature l'a fait démonstratif, au contraire, répliqua-t-elle vivement. Il était quelquefois violent, et quelquefois tendre à l'excès. Il me fâchait souvent, mais il se jetait dans mes bras, et j'étais désarmée.

— Avec moi, dit l'abbé, il n'a jamais eu rien à réparer.

— Croyez-moi, ma sœur, c'est beaucoup mieux ainsi, dit mon oncle.

— Hélas! dit la chanoinesse, il aura donc toujours ce visage qui me consterne et me serre le cœur?

— C'est le visage noble et fier qui sied à un homme de son rang, répondit l'abbé.

— C'est un visage de pierre! s'écria la chanoinesse. Il me semble que je vois ma mère, non pas telle que je l'ai connue, sensible et bienveillante, mais telle qu'elle est peinte, immobile et glacée dans son cadre de bois de chêne.

— Je répète à votre seigneurie, dit l'abbé, que c'est l'expression habituelle du comte Albert depuis huit années.

— Hélas ! il y a donc huit mortelles années qu'il n'a souri à personne ! dit la bonne tante en laissant couler ses larmes ; car depuis deux heures que je le couve des yeux, je n'ai pas vu le moindre sourire animer sa bouche close et décolorée ! Ah ! j'ai envie de me précipiter vers lui et de le serrer bien fort sur mon cœur, en lui reprochant son indifférence, en le grondant même comme autrefois, pour voir si, comme autrefois, il ne se jettera pas à mon cou en sanglotant.

— Gardez-vous de pareilles imprudences, ma chère sœur, dit le comte Christian en la forçant de se détourner d'Albert qu'elle re-

gardait toujours avec des yeux humides. N'é-
coutez pas les faiblesses d'un cœur maternel;
nous avons bien assez éprouvé qu'une sensibilité excessive était le fléau de la vie et de la
raison de notre enfant. En le distrayant, en
éloignant de lui toute émotion vive, M. l'abbé,
conformément à nos recommandations et à
celles des médecins, est parvenu à calmer
cette âme agitée; ne détruisez pas son ou-
vrage, par les caprices d'une tendresse puérile.

La chanoinesse se rendit à ces raisons, et
tâcha de s'habituer à l'extérieur glacé d'Albert; mais elle ne s'y habitua nullement, et
elle disait souvent à l'oreille de son frère:
Vous direz ce que vous voudrez, Christian, je
crains qu'on ne nous l'ait abruti, en ne le
traitant pas comme un homme, mais comme
un enfant malade.

Le soir, au moment de se séparer, on

s'embrassa ; Albert reçut respectueusement
la bénédiction de son père, et lorsque la chanoinesse le pressa sur son cœur, il s'aperçut
qu'elle tremblait et que sa voix était émue.
Il se mit à trembler aussi, et s'arracha brusquement de ses bras, comme si une vive
souffrance venait de s'éveiller en lui. — Vous
le voyez, ma sœur, dit tout bas le comte, il
n'est plus habitué à ces émotions, et vous lui
faites du mal. En même temps, peu rassuré,
et fort ému lui-même, il suivait des yeux son
fils, pour voir si dans ses manières avec
l'abbé, il surprendrait une préférence exclu-
sive pour ce personnage. Mais Albert salua
son gouverneur avec une politesse très-
froide. — Mon fils, dit le comte, je crois avoir
rempli vos intentions et satisfait votre cœur,
en priant M. l'abbé de ne pas vous quitter
comme il en manifestait déjà le projet, et en
l'engageant à rester près de nous le plus long

temps qu'il lui sera possible. Je ne voudrais pas que le bonheur de nous retrouver en famille fût empoisonné pour vous par un regret, et j'espère que votre respectable ami nous aidera à vous donner cette joie sans mélange.

Albert ne répondit que par un profond salut, et en même temps un sourire étrange effleura ses lèvres.

— Hélas ! dit la chanoinesse lorsqu'il se fut éloigné, c'est donc là son sourire à présent !

9

Durant l'absence d'Albert, le comte et la chanoinesse avaient fait beaucoup de projets pour l'avenir de leur cher enfant, et particul ièrement celui de le marier. Avec sa belle figure, son nom illustre et sa fortune encore considérable, Albert pouvait prétendre aux premiers partis. Mais dans le cas où un reste d'indolence et de sauvagerie le rendrait inhabile à se produire et à se pousser dans le monde, on lui tenait en réserve une jeune personne aussi bien née que lui, puisqu'elle était sa cousine germaine et qu'elle portait son nom, moins riche que lui, mais fille unique, et assez jolie comme on l'est à seize ans, quand on est fraîche et parée de ce qu'on appelle en France la beauté du diable. Cette jeune personne, c'était Amélie, baronne de Rudolstadt, votre humble servante et votre nouvelle amie.

Celle-là, se disait-on au coin du feu, n'a encore vu aucun homme. Élevée au couvent, elle ne manquera pas d'envie d'en sortir pour se marier. Elle ne peut guère aspirer à un meilleur parti ; et quant aux bizarreries que pourrait encore présenter le caractère de son cousin, d'anciennes habitudes d'enfance, la

parenté, quelques mois d'intimité auprès de
nous, effaceront certainement toute répugnance, et l'engageront, ne fût-ce que par
esprit de famille, à tolérer en silence ce
qu'une étrangère ne supporterait peut-être
pas. On était sûr de l'assentiment de mon
père, qui n'a jamais eu d'autre volonté que
celle de son aîné et de sa sœur Wenceslawa,
et qui, à vrai dire, n'a jamais eu une volonté
en propre.

Lorsque après quinze jours d'examen at-
tentif, on eut reconnu la constante mélancolie et la réserve absolue qui semblaient être
le caractère décidé de mon cousin, mon oncle
et ma tante se dirent que le dernier rejeton
de leur race n'était destiné à lui rendre aucun éclat par sa conduite personnelle. Il ne
montrait d'inclination pour aucun rôle brillant dans le monde, ni pour les armes, ni pour
la diplomatie, ni pour les charges civiles. A

tout ce qu'on lui proposait , il répondait
d'un air de résignation qu'il obéirait aux
volontés de ses parents, mais qu'il n'avait
pour lui-même aucun besoin de luxe ou de
gloire. Après tout, ce naturel indolent n'était
que la répétition exagérée de celui de son
père, cet homme calme dont la patience est
voisine de l'apathie, et chez qui la modestie
est une sorte d'abnégation. Ce qui donne à
mon oncle une physionomie que son fils n'a
pas, c'est un sentiment énergique, quoique
dépourvu d'emphase et d'orgueil, du devoir
social. Albert semblait désormais comprendre
les devoirs de la famille ; mais les devoirs publics, tels que nous les concevons, ne parais-
saient pas l'occuper plus qu'aux jours de son
enfance. Son père et le mien avaient suivi la
carrière des armes sous Montecuculli contre
Turenne. Ils avaient porté dans la guerre
une sorte de sentiment religieux inspiré par

la majesté impériale. C'était le devoir de leur temps d'obéir et de croire aveuglément à des maîtres. Ce temps-ci, plus éclairé, dépouille les souverains de l'auréole, et la jeunesse se permet de ne pas croire à la couronne plus qu'à la tiare. Lorsque mon oncle essayait de ranimer dans son fils l'antique ardeur chevaleresque, il voyait bien que ses discours n'avaient aucun sens pour ce raisonneur dédaigneux.

Puisqu'il en est ainsi, se dirent mon oncle et ma tante, ne le contrarions pas. Ne compromettons pas cette guérison assez triste qui nous a rendu un homme éteint à la place d'un homme exaspéré. Laissons-le vivre paisiblement à sa guise, et qu'il soit un philosophe studieux, comme l'ont été plusieurs de ses ancêtres, ou un chasseur passionné comme notre frère Frédérick, ou un seigneur uste et bienfaisant comme nous nous effor-

çons de l'être. Qu'il mène dès à présent la vie
tranquille et inoffensive des vieillards : ce sera
le premier des Rudolstadt qui n'aura point eu
de jeunesse. Mais comme il ne faut pas qu'il
soit le dernier de sa race, hâtons-nous de le
marier, afin que les héritiers de notre nom
effacent cette lacune dans l'éclat de nos des-
tinées. Qui sait ? peut-être le généreux sang
de ses aïeux se repose-t-il en lui par l'ordre
de la Providence, afin de se ranimer plus
bouillant et plus fier dans les veines de ses
descendants.

Et il fut décidé qu'on parlerait mariage à
mon cousin Albert.

On lui en parla doucement d'abord ; et
comme on le trouvait aussi peu disposé à ce
parti qu'à tous les autres, on lui en parla
sérieusement et vivement. Il objecta sa timidité, sa gaucherie auprès des femmes. — Il
est certain, disait ma tante, que, dans ma

jeunesse, un prétendant aussi sérieux qu'Albert m'eût fait plus de peur que d'envie, et que je n'eusse pas échangé ma bosse contre sa conversation.

— Il faut donc, lui dit mon oncle, revenir à notre pis-aller, et lui faire épouser Amélie. Il l'a connue enfant, il la considère comme sa sœur, il sera moins timide auprès d'elle ; et comme elle est d'un caractère enjoué et décidé, elle corrigera, par sa bonne humeur, l'humeur noire dans laquelle il semble retomber de plus en plus.

Albert ne repoussa pas ce projet, et sans se prononcer ouvertement, consentit à me voir et à me connaître. Il fut convenu que je ne serais avertie de rien, afin de me sauver la mortification d'un refus toujours possible de sa part. On écrivit à mon père ; et dès qu'on eut son assentiment, on commença les démarches pour obtenir du pape les dispenses nécessaires à cause de notre parenté. En même temps mon père me retira du couvent, et un beau matin nous arrivâmes au château des Géants, moi fort contente de respirer le grand air, et fort impatiente de voir mon fiancé ; mon bon père plein d'espérance, et s'imaginant m'avoir bien caché un projet qu'à son insu il m'avait, chemin faisant, révélé à chaque mot.

La première chose qui me frappa chez Albert, ce fut sa belle figure et son air digne. Je vous avouerai, ma chère Nina, que mon cœur battit bien fort lorsqu'il me baisa la main, et que pendant quelques jours je fus sous le charme de son regard et de ses moindres paroles. Ses manières sérieuses ne me déplaisaient pas ; il ne semblait pas contraint le moins du monde auprès de moi. Il me tutoyait comme aux jours de notre enfance ; et lorsqu'il voulait se reprendre, dans la crainte de manquer aux convenances, nos parents l'autorisaient et le

priaient, en quelque sorte, de conserver avec
moi son ancienne familiarité. Ma gaîté le
faisait quelquefois sourire sans effort, et ma
bonne tante, transportée de joie, m'attribuait
l'honneur de cette guérison qu'elle croyait devoir être radicale. Enfin il me traitait avec la
bienveillance et la douceur qu'on a pour un
enfant ; et je m'en contentais, persuadée que
bientôt il ferait plus d'attention à ma petite
mine éveillée et aux jolies toilettes que je pro-
diguais pour lui plaire.

Mais j'eus bientôt la mortification de voir
qu'il se souciait fort peu de l'une, et qu'il ne
voyait pas seulement les autres. Un jour, ma
bonne tante voulut lui faire remarquer une
charmante robe bleu lapis qui dessinait ma
taille à ravir. Il prétendit que la robe était
d'un beau rouge. L'abbé, son gouverneur,
qui avait toujours des compliments fort miel-
leux au bord des lèvres, et qui voulait lui

donner une leçon de galanterie, s'écria qu'il
comprenait fort bien que le comte Albert ne
vît pas seulement la couleur de mon vêtement.
C'était pour Albert l'occasion de me dire quelque chose de flatteur sur les roses de mes
joues, ou sur l'or de ma chevelure. Il se contenta de répondre à l'abbé, d'un ton fort sec,
qu'il était aussi capable que lui de distinguer
les couleurs, et que ma robe était rouge
comme du sang.

Je ne sais pourquoi cette brutalité et cette
bizarrerie d'expression me donnèrent le frisson. Je regardai Albert, et lui trouvai un regard qui me fit peur. De ce jour-là, je commen-
çai à le craindre plus qu'à l'aimer. Bientôt je
ne l'aimai plus du tout, et aujourd'hui je ne
le crains ni ne l'aime. Je le plains, et c'est
tout. Vous verrez pourquoi, peu à peu, et
vous me comprendrez.

Le lendemain, nous devions aller faire

quelques emplettes à Tauss, la ville la plus
voisine. Je me promettais un grand plaisir de
cette promenade ; Albert devait m'accompagner à cheval. J'étais prête, et j'attendais
qu'il vînt me présenter la main. Les voitures
attendaient aussi dans la cour. Il n'avait pas
encore paru. Son valet de chambre disait
avoir frappé à sa porte à l'heure accoutumée.
On envoya de nouveau savoir s'il se prépa-
rait. Albert avait la manie de s'habiller toujours lui-même, et de ne jamais laisser aucun
valet entrer dans sa chambre avant qu'il en
fût sorti. On frappa en vain ; il ne répondit
pas. Son père, inquiet de ce silence, monta à
sa chambre, et ne put ni ouvrir la porte, qui
était barricadée en dedans, ni obtenir un
mot. On commençait à s'effrayer, lorsque
l'abbé dit d'un air fort tranquille que le comte
Albert était sujet à de longs accès de sommeil
qui tenaient de l'engourdissement, et que

lorsqu'on voulait l'en tirer brusquement, il était agité et comme souffrant pendant plusieurs jours. — Mais c'est une maladie, cela, dit la chanoinesse avec inquiétude. — Je ne le pense pas, répondit l'abbé. Je ne l'ai jamais entendu se plaindre de rien. Les médecins que j'ai fait venir lorsqu'il dormait ainsi, ne lui ont trouvé aucun symptôme de fièvre, et ont attribué cet accablement à quelque excès de travail ou de réflexion. Ils ont grandement conseillé de ne pas contrarier ce besoin de repos et d'oubli de toutes choses.

— Et cela est fréquent? demanda mon oncle.

— J'ai observé ce phénomène cinq ou six fois seulement durant huit années, répondit l'abbé ; et, ne l'ayant jamais troublé par mes empressements, je ne l'ai jamais vu avoir de suites fâcheuses.

— Et cela dure-t-il long-temps? demandai-
je à mon tour, fort impatientée.

— Plus ou moins, dit l'abbé, suivant la durée de l'insomnie qui précède ou occasionne
ces fatigues : mais nul ne peut le savoir; car
monsieur le comte ne se souvient jamais de
cette cause, ou ne veut jamais la dire. Il est
extrêmement assidu au travail, et s'en cache
avec une modestie bien rare.

— Il est donc bien savant? repris-je.

— Il est extrêmement savant.

— Et il ne le montre jamais?

— Il en fait mystère, et ne s'en doute pas
lui-même.

— A quoi cela lui sert-il, en ce cas?

— Le génie est comme la beauté, répondit
ce jésuite courtisan en me regardant d'un air
doucereux : ce sont des grâces du ciel qui ne
suggèrent ni orgueil ni agitation à ceux qui
les possèdent.

Je compris la leçon, et n'en eus que plus de
dépit, comme vous pouvez croire. On résolut
d'attendre, pour sortir, le réveil de mon cousin ; mais lorsqu'au bout de deux heures, je
vis qu'il ne bougeait, j'allai quitter mon riche
habit d'amazone, et je me mis à broder au
métier, non sans casser beaucoup de soies, et
sans sauter beaucoup de points. J'étais outrée
de l'impertinence d'Albert qui s'était oublié
sur ses livres la veille d'une promenade avec
moi, et qui, maintenant, s'abandonnait aux
douceurs d'un paisible sommeil ; pendant que
je l'attendais. L'heure s'avançait, et force fut
de renoncer au projet de la journée. Mon
père, bien confiant aux paroles de l'abbé, prit
son fusil, et alla tuer un lièvre ou deux. Ma
tante, moins rassurée, monta les escaliers
plus de vingt fois pour écouter à la porte de
son neveu, sans pouvoir entendre même le
bruit de sa respiration. La pauvre femme

était désolée de mon mécontentement. Quant
à mon oncle, il prit un livre de dévotion pour
se distraire de son inquiétude, et se mit à lire
dans un coin du salon avec une résignation
qui me donnait envie de sauter par les fenêtres. Enfin, vers le soir, ma tante, toute
joyeuse, vint nous dire qu'elle avait entendu
Albert se lever et s'habiller. L'abbé nous recommanda de ne paraître ni inquiets ni sur-
pris, de ne pas adresser de questions à M. le
comte, et de tâcher de le distraire s'il montrait quelque chagrin de sa mésaventure.

— Mais si mon cousin n'est pas malade,
il est donc maniaque? m'écriai-je avec un
peu d'emportement.

Je vis la figure de mon oncle se décompo-
ser à cette dure parole, et j'en eus des remords sur-le-champ. Mais lorsque Albert
entra sans faire d'excuses à personne, et
sans paraître se douter le moins du monde

de notre contrariété, je fus outrée, et lui fis
un accueil très-sec. Il ne s'en aperçut seulement pas. Il paraissait plongé dans ses réflexions.

Le soir, mon père pensa qu'un peu de
musique l'égaierait. Je n'avais pas encore
chanté devant Albert. Ma harpe n'était arrivée que de la veille. Ce n'est pas devant vous,
savante Porporina, que je puis me piquer de
connaître la musique. Mais vous verrez que
j'ai une jolie voix, et que je ne manque pas
de goût naturel. Je me fis prier ; j'avais plus
envie de pleurer que de chanter. Albert ne
dit pas un mot pour m'y encourager. Enfin
je cédai ; mais je chantai fort mal, et Albert,
comme si je lui eusse écorché les oreilles,
eut la grossièreté de sortir au bout de quelques mesures. Il me fallut toute la force de
mon orgueil pour ne pas fondre en larmes,
et pour achever mon air sans faire sauter les

cordes de ma harpe. Ma tante avait suivi son
neveu, mon père s'était endormi, mon oncle
attendait près de la porte que sa sœur vînt
lui dire quelque chose de son fils. L'abbé
resta seul à me faire des compliments qui
m'irritèrent encore plus que l'indifférence
des autres. — Il paraît, lui dis-je, que mon
cousin n'aime pas la musique.

— Il l'aime beaucoup, au contraire, répondit-il ; mais c'est selon...

— C'est selon la manière dont on chante ?
lui dis-je en l'interrompant.

— C'est selon, reprit-il sans se déconcerter, la disposition de son âme ; quelquefois
la musique lui fait du bien, et quelquefois du
mal. Vous l'aurez ému, j'en suis certain, au
point qu'il aura craint de ne pouvoir se con-
tenir. Cette fuite est plus flatteuse pour vous
que les plus grands éloges.

Les adulations de ce jésuite avaient quel-

que chose de sournois et de railleur qui me
le faisait détester. Mais j'en fus bientôt dé-
livrée, comme vous allez l'apprendre tout-à-
l'heure.

10

Le lendemain, ma tante, qui ne parle guère lorsque son cœur n'est pas vivement ému, eut la malheureuse idée de s'engager dans une conversation avec l'abbé et le chapelain. Et comme, en dehors de ses affections de famille, qui l'absorbent presque entièrement, il n'y a pour elle au monde qu'une distraction possible, laquelle est son orgueil de famille, elle ne manqua pas de s'y livrer en dissertant sur sa généalogie, et en prouvant à ces deux prêtres que notre race était la plus pure, la plus illustre, et la plus excellente de toutes les familles de l'Allemagne, du côté des femmes particulièrement. L'abbé l'écoutait avec patience et notre chapelain avec révérence, lorsque Albert, qui ne paraissait pas l'écouter du tout, l'interrompit avec un peu de vivacité :

— Il me semble, ma bonne tante, lui dit-il, que vous vous faites quelques illusions sur la prééminence de notre famille. Il est vrai que la noblesse et les titres de nos ancêtres remontent assez haut dans le passé ; mais une famille qui perd son nom, qui l'abjure en quelque sorte, pour prendre celui d'une femme de race et de religion étrangère, renonce au droit de se faire valoir comme antique en vertu et fidèle à la gloire de son pays.

Cette remarque contraria beaucoup la chanoinesse ; mais, comme l'abbé avait paru ouvrir l'oreille, elle crut devoir y répondre.

— Je ne suis pas de votre avis, mon cher enfant, dit-elle. On a vu bien souvent d'illustres maisons se rendre, à bon droit, plus illustres encore, en joignant à leur nom celui d'une branche maternelle, afin de ne pas priver leurs hoirs de l'honneur qui leur revenait d'être issus d'une femme glorieusement apparentée.

— Mais ce n'est pas ici le cas d'appliquer cette règle, reprit Albert avec une ténacité à laquelle il n'était point sujet. Je conçois l'alliance de deux noms illustres. Je trouve fort légitime qu'une femme transmette à ses enfants son nom accolé à celui de son époux. Mais l'effacement complet de ce dernier nom me paraît un outrage de la part de celle qui l'exige, une lâcheté de la part de celui qui s'y soumet.

— Vous rappelez des choses bien anciennes, Albert, dit la chanoinesse avec un profond soupir, et vous appliquez la règle plus mal à propos que moi. M. l'abbé pourrait croire, en vous entendant, que quelque mâle, dans notre ascendance, aurait été capable d'une lâcheté ; et puisque vous savez si bien des choses dont je vous croyais à peine instruit, vous n'auriez pas dû faire une pareille réflexion à propos des évènements politiques... déjà bien loin de nous, Dieu merci !

— Si ma réflexion vous inquiète, je vais rapporter le fait, afin de laver notre aïeul Withold, dernier comte des Rudolstadt, de toute imputation injurieuse à sa mémoire. Cela paraît intéresser ma cousine, ajouta-t-il en voyant que je l'écoutais avec de grands yeux, tout étonnée que j'étais de le voir se lancer dans une discussion si contraire à ses idées philosophiques et à ses habitudes de silence. — Sachez donc, Amélie, que notre arrière-grand-père Wratislaw n'avait pas plus de quatre ans lorsque sa mère Ulricque de Rudolstadt crut devoir lui infliger la flétrissure de quitter son véritable nom, le nom de ses pères, qui était Podiebrad, pour lui donner ce nom saxon que vous et moi portons aujourd'hui, vous sans en rougir, et moi sans m'en glorifier.

— Il est au moins inutile, dit mon oncle Christian, qui paraissait fort mal à l'aise, de rappeler des choses si éloignées du temps où nous vivons.

— Il me semble, reprit Albert, que ma tante a remonté bien plus haut dans le passé en nous racontant les hauts faits des Rudols-

tadt, et je ne sais pas pourquoi l'un de nous,
venant par hasard à se rappeler qu'il est
Bohème, et non pas Saxon d'origine, qu'il
s'appelle Podiebrad, et non pas Rudolstadt,
ferait une chose de mauvais goût en parlant
d'évènements qui n'ont guère plus de cent
vingt ans de date.

— Je savais bien, observa l'abbé qui
avait écouté Albert avec un certain intérêt,
que votre illustre famille était alliée, dans le
passé, à la royauté nationale de George Podiebrad ; mais j'ignorais qu'elle en descen-
dît par une ligne assez directe pour en porter
le nom.

—C'est que ma tante, qui sait dessiner des
arbres généalogiques, a jugé à propos d'a-
battre dans sa mémoire l'arbre antique et
vénérable dont la souche nous a produits.
Mais un arbre généalogique sur lequel notre
histoire glorieuse et sombre a été tracée en

caractères de sang, est encore debout sur la montagne voisine.

Comme Albert s'animait beaucoup en parlant ainsi, et que le visage de mon oncle paraissait s'assombrir, l'abbé essaya de détourner la conversation, bien que sa curiosité fût fort excitée. Mais la mienne ne me permit pas de rester en si beau chemin.

— Que voulez-vous dire, Albert? m'écriai-je en me rapprochant de lui.

— Je veux dire ce qu'une Podiebrad ne devrait pas ignorer, répondit-il. C'est que le vieux chêne de la *pierre d'épouvante*, que vous voyez tous les jours de votre fenêtre, Amélie, et sous lequel je vous engage à ne jamais vous asseoir sans élever votre âme à à Dieu, a porté, il y a trois cents ans, des fruits un peu plus lourds que les glands desséchés qu'il a peine à produire aujourd'hui.

— C'est une histoire affreuse, dit le chapelain tout effaré, et j'ignore qui a pu l'apprendre au comte Albert.

— La tradition du pays, et peut être quelque chose de plus certain encore, répondit
Albert. Car on a beau brûler les archives des
familles et les documents de l'histoire, monsieur le chapelain ; on a beau élever les
enfants dans l'ignorance de la vie antérieure ;
on a beau imposer silence aux simples par le
sophisme, et aux faibles par la menace : ni
la crainte du despotisme, ni celle de l'enfer,
ne peuvent étouffer les mille voix du passé
qui s'élèvent de toutes parts. Non, non, elles
parlent trop haut, ces voix terribles, pour
que celle d'un prêtre leur impose silence !
Elles parlent à nos âmes dans le sommeil,
par la bouche des spectres qui se lèvent pour
nous avertir ; elles parlent à nos oreilles, par
tous les bruits de la nature ; elles sortent

même du tronc des arbres, comme autrefois celle des dieux dans les bois sacrés, pour nous raconter les crimes, les malheurs, et les exploits de nos pères.

— Et pourquoi, mon pauvre enfant, dit la chanoinesse, nourrir ton esprit de ces pensées amères et de ces souvenirs funestes?

— Ce sont vos généalogies, ma tante, c'est le voyage que vous venez de faire dans les siècles passés, qui ont réveillé en moi le souvenir de ces quinze moines pendus aux branches du chêne, de la propre main d'un de mes aïeux, à moi... oh! le plus grand, le plus terrible, le plus persévérant, celui qu'on appelait le redoutable aveugle, l'invincible Jean Zizka du Calice !

Le nom sublime et abhorré du chef des Taborites, sectaires qui renchérirent durant la guerre des Hussites sur l'énergie, la bravoure, et les cruautés des autres religionnai-

res, tomba comme la foudre sur l'abbé et
sur le chapelain. Le dernier fit un grand signe de croix ; ma tante recula sa chaise, qui
touchait celle d'Albert. — Bonté divine !
s'écria-t-elle ; de quoi et de qui parle donc cet
enfant ? Ne l'écoutez pas, monsieur l'abbé !
Jamais, non, jamais, notre famille n'a
eu ni lien, ni rapport avec le réprouvé dont il
vient de prononcer le nom abominable.

— Parlez pour vous, ma tante, reprit Albert avec énergie. Vous êtes une Rudolstadt
dans le fond de l'âme, bien que vous soyez
dans le fait une Podiebrad. Mais, quant à moi,
j'ai dans les veines un sang coloré de quelques gouttes de plus de sang bohème, purifié
de quelques gouttes de moins de sang étranger. Ma mère n'avait ni Saxons, ni Bavarois,
ni Prussiens, dans son arbre généalogique :
elle était de pure race slave ; et comme vous
paraissez ne pas vous soucier beaucoup

d'une noblesse à laquelle vous ne pouvez prétendre, moi, qui tiens à ma noblesse personnelle, je vous apprendrai, si vous l'ignorez, je
vous rappellerai, si vous l'avez oublié, que
Jean Zizka laissa une fille, laquelle épousa
un seigneur de Prachalitz, et que ma mère,
étant une Prachalitz elle-même, descendait
en ligne directe de Jean Zizka par les femmes, comme vous descendez des Rudolstadt,
ma tante !

— Ceci est un rêve, une erreur, Albert !.....

— Non, ma chère tante ; j'en appelle à
M. le Chapelain, qui est un homme véridique
et craignant Dieu. Il a eu entre les mains les
parchemins qui le prouvaient.

— Moi ? s'écria le chapelain pâle comme
la mort.

— Vous pouvez l'avouer sans rougir devant M. l'abbé, répondit Albert avec une

amère ironie, puisque vous avez fait votre
devoir de prêtre catholique et de sujet autri-
chien en les brûlant le lendemain de la mort
de ma mère!

— Cette action, que me commandait ma
conscience, n'a eu que Dieu pour témoin!
reprit l'abbé, plus pâle encore. Comte Albert, qui a pu vous révéler...?

— Je vous l'ai dit, monsieur le chapelain,
la voix qui parle plus haut que celle du
prêtre!

— Quelle voix, Albert? demandai-je vivement intéressée.

— La voix qui parle dans le sommeil, répondit Albert.

— Mais ceci n'explique rien, mon fils, dit
le comte Christian tout pensif et tout triste.

— La voix du sang, mon père! répondit
Albert d'un ton qui nous fit tous tressaillir.

— Hélas! mon Dieu! dit mon oncle en

joignant les mains ; ce sont les mêmes rêveries, les mêmes imaginations, qui tourmen-
taient sa pauvre mère. Il faut que, dans sa
maladie, elle ait parlé de tout cela devant
notre enfant, ajouta-t-il en se penchant vers
ma tante, et que son esprit en ait été frappé
de bonne heure.

— Impossible, mon frère, répondit la chanoinesse : Albert n'avait pas trois ans lorsqu'il perdit sa mère.

— Il faut plutôt, dit le chapelain à voix
basse, qu'il soit resté dans la maison quelques-uns de ces maudits écrits hérétiques,
tout remplis de mensonge et tissus d'impié-
tés, qu'elle avait conservés par esprit de famille, et dont elle eut pourtant la vertu de
me faire le sacrifice à son heure suprême.

— Non, il n'en est pas resté, répondit Albert, qui n'avait pas perdu une seule parole
du chapelain, bien que celui-ci eût parlé as-

sez bas, et qu'Albert, qui se promenait avec
agitation, fût en ce moment à l'autre bout
du grand salon. — Vous savez bien, monsieur le chapelain, que vous avez tout détruit, et que vous avez encore, au lendemain
de *son* dernier jour, cherché et fureté dans
tous les coins de sa chambre.

— Qui donc a ainsi aidé ou égaré votre
mémoire, Albert? demanda le comte Christian d'un ton sévère. Quel serviteur infidèle
ou imprudent s'est donc avisé de troubler votre jeune esprit par le récit, sans doute exa-
géré, de ces évènements domestiques?

— Aucun, mon père; je vous le jure sur
ma religion et sur ma conscience.

— L'ennemi du genre humain est intervenu
dans tout ceci, dit le chapelain consterné.

— Il serait plus vraisemblable et plus chrétien de penser, observa l'abbé, que le comte
Albert est doué d'une mémoire extraordi-

naire, et que des évènements dont le spectacle ne frappe point ordinairement l'âge tendre sont restés gravés dans son esprit. Ce que
j'ai vu de sa rare intelligence me fait aisément croire que sa raison a dù avoir un dé-
veloppement fort précoce; et quant à sa faculté de garder le souvenir des choses, j'ai
reconnu qu'elle était prodigieuse en effet.

— Elle ne vous semble prodigieuse que
parce que vous en êtes tout-à-fait dépourvu,
répondit Albert sèchement. Par exemple,
vous ne vous rappelez pas ce que vous avez
fait en l'année 1619, après que Withold Podiebrad le protestant, le vaillant, le fidèle
(votre grand-père, ma chère tante), le dernier qui porta notre nom, eût rougi de son
sang la pierre d'épouvante? Vous avez oublié votre conduite en cette circonstance, je
le parierais, monsieur l'abbé?

— Je l'ai oubliée entièrement, je l'avoue,

répondit l'abbé avec un sourire railleur qui
n'était pas de trop bon goût dans un moment
où il devenait évident pour nous tous qu'Albert divaguait complètement.

— Eh bien ! je vais vous la rappeler, reprit
Albert sans se déconcerter. Vous allâtes
bien vite conseiller à ceux des soldats impériaux qui avaient fait le coup de se sauver
ou de se cacher, parce que les ouvriers de
Pilsen, qui avaient le courage de s'avouer
protestants, et qui adoraient Withold, venaient pour venger la mort de leur maître,
et s'apprêtaient à les mettre en pièces. Puis,
vous vîntes trouver mon aïeule Ulricque, la
veuve tremblante et consternée de Withold,
et vous lui promîtes de faire sa paix avec
l'empereur Ferdinand II, de lui conserver
ses biens, ses titres, sa liberté, et la tête de
ses enfants, si elle voulait suivre vos conseils et vous payer vos services à prix d'or ;

elle y consentit : son amour maternel lui sug-
géra cet acte de faiblesse. Elle ne respecta
pas le martyre de son noble époux. Elle était
née catholique, et n'avait abjuré que par
amour pour lui. Elle ne sut point accepter
la misère, la proscription, la persécution,
pour conserver à ses enfants une foi que
Withold venait de signer de son sang, et un
nom qu'il venait de rendre plus illustre encore
que tous ceux de ses ancêtres *hussites, calix-
tins, taborites, orphelins, frères de l'union, et
luthériens.* (Tous ces noms, ma chère Porporina, sont ceux des diverses sectes qui joi-
gnent l'hérésie de Jean Huss à celle de Luther, et qu'avait probablement suivies la
branche des Podiebrad dont nous descen-
dons.) Enfin, continua Albert, la Saxonne eut
peur, et céda. Vous prîtes possession du château, vous en éloignâtes les bandes impérieu-
ses, vous fîtes respecter nos terres. Vous fî-

tes un immmense auto-da-fé de nos titres et
de nos archives. C'est pourquoi ma tante,
pour son bonheur, n'a pu rétablir l'arbre généalogique des Podiebrad, et s'est rejetée sur
la pâture moins indigeste des Rudolstadt.
Pour prix de vos services, vous fûtes riche,
très riche. Trois mois après, il fut permis à
Ulricque d'aller embrasser à Vienne les genoux de l'empereur, qui lui permit gracieu-
sement de dénationaliser ses enfants, de les
faire élever par vous dans la religion romaine, et de les enrôler ensuite sous les dra-
peaux contre lesquels leur père et leurs aïeux
avaient si vaillamment combattu. Nous fû-
mes incorporés, mes fils et moi, dans les
rangs de la tyrannie autrichienne.....

— Tes fils et toi!... dit ma tante désespé-
rée, voyant qu'il battait la campagne.

— Oui, mes fils Sigismond et Rodolphe,
répondit très sérieusement Albert.

— C'est le nom de mon père et de mon oncle, dit le comte Christian. Albert, où est ton esprit? Reviens à toi, mon fils. Plus d'un siècle nous sépare de ces évènements douloureux accomplis par l'ordre de la Providence.

Albert n'en voulut point démordre. Il se persuada et voulut nous persuader qu'il était le même que Wratislaw, fils de Withold, et le premier des Podiebrad qui eût porté le nom maternel de Rudolstadt. Il nous raconta son enfance, le souvenir distinct qu'il avait gardé du supplice du comte Withold, supplice dont il attribuait tout l'odieux au jésuite Dithmar (lequel, selon lui, n'était autre que l'abbé, son gouverneur,) la haine profonde que, pendant son enfance, il avait éprouvée pour ce Dithmar, pour l'Autriche, pour les impériaux et pour les catholiques. Et puis, ses souvenirs parurent se confondre, et il ajouta mille choses incompréhensi-

bles sur la vie éternelle et perpétuelle, sur
la réapparition des hommes sur la terre, se
fondant sur cet article de la croyance hussi-
tique, que Jean Huss devait revenir en Bohème cent ans après sa mort, et compléter
son œuvre; prédiction qui s'était accomplie,
puisque, selon lui, Luther était Jean Huss
ressuscité. Enfin ses discours furent un mélange d'hérésie, de superstition, de méta-
physique obscure, de délire poétique; et tout
cela fut débité avec une telle apparence de
conviction, avec des souvenirs si détaillés, si
précis, et si intéressants, de ce qu'il prétendait avoir vu, non-seulement dans la personne de Wratislaw, mais encore dans celle
de Jean Zizka, et de je ne sais combien d'autres morts qu'il soutenait avoir été ses propres apparitions dans la vie du passé, que
nous restâmes tous béants à l'écouter, sans
qu'aucun de nous eût la force de l'interrom-

pre ou de le contredire. Mon oncle et ma
tante, qui souffraient horriblement de cette
démence, impie selon eux, voulaient du
moins la connaître à fond ; car c'était la première fois qu'elle se manifestait ouvertement,
et il fallait bien en savoir la source pour tâcher ensuite de la combattre. L'abbé s'efforçait de tourner la chose en plaisanterie, et
de nous faire croire que le comte Albert
était un esprit fort plaisant et fort malicieux,
qui prenait plaisir à nous mystifier par son
incroyable érudition. — Il a tant lu, nous disait-il, qu'il pourrait nous raconter ainsi
l'histoire de tous les siècles, chapitre par
chapitre avec assez de détails et de préci-
sion pour faire accroire à des esprits un peu
portés au merveilleux, qu'il a véritablement
assisté aux scènes qu'il raconte. La chanoinesse, qui, dans sa dévotion ardente, n'est
pas très éloignée de la superstition, et qui

commençait à croire son neveu sur parole,
prit très mal les insinuations de l'abbé, et
lui conseilla de garder ses explications badi-
nes pour une occasion plus gaie ; puis elle
fit un grand effort pour amener Albert à ré-
tracter les erreurs dont il avait la tête remplie. — Prenez garde, ma tante, s'écria Albert avec impatience, que je ne vous dise qui
vous êtes. Jusqu'ici je n'ai pas voulu le savoir ;
mais quelque chose m'avertit en ce moment
que la Saxonne Ulricque est auprès de moi.

— Eh quoi, mon pauvre enfant, répondit-
elle, cette aïeule prudente et dévouée qui sut
conserver à ses enfants la vie, et à ses descendants l'indépendance, les biens et les honneurs dont ils jouissent, vous pensez qu'elle
revit en moi ? Eh bien ! Albert, je vous aime
tant, que pour vous je ferais plus encore : je
sacrifierais ma vie, si je pouvais, à ce prix,
calmer votre esprit égaré.

Albert la regarda quelques instants avec
des yeux à la fois sévères et attendris. —
Non, non, dit-il enfin en s'approchant d'elle,
et en s'agenouillant à ses pieds, vous êtes un
ange, et vous avez communié jadis dans la
coupe de bois des Hussites. Mais la Saxonne
est ici, cependant, et sa voix a frappé mon
oreille aujourd'hui à plusieurs reprises.

— Prenez que c'est moi, Albert, lui dis-je
en m'efforçant de l'égayer, et ne m'en veuil-
lez pas trop de ne pas vous avoir livré aux
bourreaux en l'année 1619.

— Vous, ma mère! dit-il en me regardant
avec des yeux effrayants, ne dites pas cela ;
car je ne puis vous pardonner. Dieu m'a fait
renaître dans le sein d'une femme plus forte ;
il m'a retrempé dans le sang de Zizka, dans
ma propre substance, qui s'était égarée je
ne sais comment. Amélie, ne me regardez
pas, ne me parlez pas surtout ! C'est votre

voix, Ulricque, qui me fait aujourd'hui tout
le mal que je souffre.

En disant cela, Albert sortit précipitamment, et nous restâmes tous consternés de la
triste découverte qu'il venait enfin de nous
faire faire sur le dérangement de son esprit.

Il était alors deux heures après midi ; nous
avions dîné paisiblement, Albert n'avait bu
que de l'eau. Rien ne pouvait nous donner
l'espoir que cette démence fût l'effet de l'i-
vresse. Le chapelain et ma tante se levèrent
aussitôt pour le suivre et pour le soigner, le
jugeant fort malade. Mais, chose inconcevable ! Albert avait déjà disparu comme par
enchantement ; on ne le trouva ni dans sa
chambre, ni dans celle de sa mère, où il
avait coutume de s'enfermer souvent, ni
dans aucun recoin du château ; on le chercha
dans le jardin, dans la garenne, dans les
bois environnants, dans les montagnes. Personne ne l'avait vu de près ni de loin. La

trace de ses pas n'était restée nulle part. La journée et la nuit s'écoulèrent ainsi. Personne ne se coucha dans la maison. Nos gens furent sur pied jusqu'au jour pour le chercher avec des flambeaux.

Toute la famille se mit en prières. **La** journée du lendemain se passa dans les mêmes anxiétés, et la nuit suivante dans la même consternation. Je ne puis vous dire quelle terreur j'éprouvai, moi qui n'avais jamais souffert, jamais tremblé de ma vie pour des évènements domestiques de cette importance. Je crus très sérieusement qu'Albert s'était donné la mort ou enfui pour jamais. J'en pris des convulsions et une fièvre assez forte. Il y avait encore en moi un reste d'amour, au milieu de l'effroi que m'inspirait un être si fatal et si bizarre. Mon père conservait la force d'aller à la chasse, s'imaginant que, dans ses courses lointaines, il re-

trouverait Albert au fond des bois. Ma pauvre tante, dévorée de douleur, mais active et
courageuse, me soignait, et cherchait à
rassurer tout le monde. Mon oncle priait jour
et nuit. En voyant sa foi et sa soumission
stoïque aux volontés du ciel, je regrettais de
n'être pas dévote.

L'abbé feignait un peu de chagrin, mais
affectait de n'avoir aucune inquiétude. Il est
vrai, disait-il, qu'Albert n'avait jamais disparu airsi de sa présence ; mais il était sujet
à des besoins de solitude et de recueille-
ment. Sa conclusion était que le seul remède
à ces singularités était de ne jamais les contrarier, et de ne pas paraître les remarquer
beaucoup. Le fait est que ce subalterne intri-
gant et profondément égoïste ne s'était soucié
que de gagner les larges appointements attachés à son rôle de surveillant, et qu'il les
avait fait durer le plus longtemps possible en

trompant la famille sur le résultat de ses
bons offices. Occupé de ses affaires et de ses
plaisirs, il avait abanbonné Albert à ses penchants extrêmes. Peut-être l'avait-il vu souvent malade et souvent exalté. Il avait sans
doute laissé un libre cours à ses fantaisies.
Ce qu'il y a de certain, c'est qu'il avait eu
l'habileté de les cacher à tous ceux qui eussent pu nous en rendre compte; car dans
toutes les lettres que reçut mon oncle au sujet de son fils, il n'y eut jamais que des éloges
de son extérieur et des félicitations sur les
avantages de sa personne. Albert n'a laissé
nulle part la réputation d'un malade ou d'un
insensé. Quoi qu'il en soit, sa vie intérieure
durant ces huit ans d'absence est restée pour
nous un secret impénétrable. L'abbé, voyant,
au bout de trois jours, qu'il ne reparaissait
pas, et craignant que ses propres affaires ne
fussent gâtées par cet incident, se mit en

campagne, soi-disant pour le chercher à
Prague, où l'envie de chercher quelque
livre rare pouvait, selon lui, l'avoir poussé.
— Il est, disait-il, comme les savants qui
s'abîment dans leurs recherches, et qui ou-
blient le monde entier pour satisfaire leur
innocente passion. Là-dessus l'abbé partit,
et ne revint pas.

Au bout de sept jours d'angoisses mortelles, et comme nous commencions à déses-
pérer, ma tante, passant vers le soir devant
la chambre d'Albert, vit la porte ouverte, et
Albert assis dans son fauteuil, caressant son
chien qui l'avait suivi dans son mystérieux
voyage. Ses vêtements n'étaient ni salis ni
déchirés; seulement la dorure en était noir-
cie, comme s'il fût sorti d'un lieu humide, ou
comme s'il eût passé les nuits à la belle étoile.
Sa chaussure n'annonçait pas qu'il eût beaucoup marché; mais sa barbe et ses cheveux

témoignaient d'un long oubli des soins de sa personne. Depuis ce jour-là, il a constamment refusé de se raser et de se poudrer comme les autres hommes ; c'est pourquoi vous lui avez trouvé l'aspect d'un revenant.

Ma tante s'élança vers lui en faisant un grand cri. — Qu'avez-vous donc, ma chère tante? dit-il en lui baisant la main. On dirait que vous ne m'avez pas vu depuis un siècle !

— Mais, malheureux enfant! s'écria-t-elle, il y a sept jours que tu nous as quittés sans nous rien dire; sept mortels jours, sept affreuses nuits, que nous te cherchons, que nous te pleurons, et que nous prions pour toi!

— Sept jours? dit Albert en la regardant avec surprise. Il faut que vous ayez voulu dire sept heures, ma chère tante; car je suis

sorti ce matin pour me promener, et je ren-
tre à temps pour souper avec vous. Comment
ai-je pu vous causer une pareille inquiétude
par une si courte absence?

— Sans doute, dit-elle, craignant d'ag-
graver son mal en le lui révélant, la langue
m'a tourné; j'ai voulu dire sept heures. Je
me suis inquiétée parce que tu n'as pas l'habitude de faire d'aussi longues promenades,
et puis j'avais fait cette nuit un mauvais
rêve : j'étais folle.

— Bonne tante, excellente amie! dit
Albert en couvrant ses mains de baisers,
vous m'aimez comme un petit enfant. Mon
père n'a pas partagé votre inquiétude, j'espère?

— Nullement. Il t'attend pour souper. Tu
dois avoir bien faim?

— Fort peu. J'ai très bien dîné.

— Où donc, et quand donc, Albert?

—Ici, ce matin, avec vous, ma bonne tante. Vous n'êtes pas encore revenue à vous-même, je le vois. Oh! que je suis malheureux de vous avoir causé une telle frayeur! Comment aurais-je pu le prévoir?

— Tu sais que je suis ainsi. Laisse-moi donc te demander où tu as mangé, où tu as dormi depuis que tu nous as quittés!

—Depuis ce matin, comment aurais-je eu envie de dormir ou de manger?

— Tu ne te sens pas malade?

— Pas le moins du monde.

— Point fatigué? Tu as sans doute beaucoup marché! gravi les montagnes? cela est fort pénible. Où as-tu été?

Albert mit la main sur ses yeux comme pour se rappeler; mais il ne put le dire.

— Je vous avoue, répondit-il, que je n'en sais plus rien. J'ai été fort préoccupé. J'ai

marché sans rien voir, comme je faisais dans
mon enfance, vous savez? je ne pouvais jamais vous répondre quand vous m'interro-
rogiez.

— Et durant tes voyages, faisais-tu plus
d'attention à ce que tu voyais?

— Quelquefois, mais pas toujours. J'ai
observé bien des choses; mais j'en ai oublié
beaucoup d'autres, Dieu merci !

— Et pourquoi *Dieu merci?*

— Parce qu'il y a des choses affreuses à
voir sur la face de ce monde! répondit-il en
se levant avec un visage sombre, que jusque-
là ma tante ne lui avait pas trouvé. Elle vit
qu'il ne fallait pas le faire causer davantage,
et courut annoncer à mon oncle que son fils
était retrouvé. Personne ne le savait encore
dans la maison, personne ne l'avait vu rentrer. Son retour n'avait pas laissé plus de
traces que son départ.

Mon pauvre oncle, qui avait eu tant de courage pour supporter le malheur, n'en eut pas dans le premier moment pour la joie. Il perdit connaissance; et lorsque Albert reparut devant lui, il avait la figure plus altérée que celle de son fils. Albert, qui depuis ses longs voyages semblait ne remarquer aucune émotion autour de lui, parut ce jour-là tout renouvelé et tout différent de ce qu'on l'avait vu jusqu'alors. Il fit mille caresses à son père, s'inquiéta de le voir si changé, et voulut en savoir la cause. Mais quand on se hasarda à la lui faire pressentir, il ne put jamais la comprendre, et toutes ses réponses furent faites avec une bonne foi et une assurance qui semblaient bien prouver l'ignorance complète où il était des sept jours de sa disparition.

— Ce que vous me racontez ressemble à

un rêve, dit Consuelo, et me porte à divaguer plutôt qu'à dormir, ma chère baronne. Comment est-il possible qu'un homme vive pendant sept jours sans avoir conscience de rien?

— Ceci n'est rien auprès de ce que j'ai encore à vous raconter; et jusqu'à ce que vous ayez vu par vous-même que, loin d'exagérer, j'atténue pour abréger, vous aurez, je le conçois, de la peine à me croire. Moi-même qui vous rapporte ce dont j'ai été témoin, je me demande encore quelquefois si Albert est sorcier ou s'il se moque de nous. Mais l'heure est avancée, et véritablement je crains d'abuser de votre complaisance.

— C'est moi qui abuse de la vôtre, répondit Consuelo; vous devez être fatiguée de parler. Remettons donc à demain soir, si vous le voulez bien, la suite de cette incroyable histoire.

— A demain soit, dit la jeune baronne en l'embrassant.

11

L'histoire incroyable, en effet, qu'elle venait d'entendre tint Consuelo assez long-
temps éveillée. La nuit sombre, pluvieuse, et
pleine de gémissements, contribuait aussi à
l'agiter de sentiments superstitieux qu'elle
ne connaissait pas encore. l y a donc une

fatalité incompréhensible, se disait-elle,
qui pèse sur certains êtres? Qu'avait fait à
Dieu cette jeune fille qui me parlait tout-à-
l'heure, avec tant d'abandon, de son naïf
amour-propre blessé et de ses beaux rêves
déçus? Et qu'avais-je fait de mal moi-même
pour que mon seul amour fût si horriblement
froissé et brisé dans mon cœur? Mais, hélas!
quelle faute a donc commise ce farouche Albert de Rudolstadt pour perdre ainsi la conscience et la direction de sa propre vie? Quelle
horreur la Providence a-t-elle conçue pour
Anzoleto de l'abandonner, ainsi qu'elle l'a
fait, aux mauvais penchants et aux perverses
tentations?

Vaincue enfin par la fatigue, elle s'endormit, et se perdit dans une suite de rêves sans
rapport et sans issue. Deux ou trois fois elle
s'éveilla et se rendormit sans pouvoir se rendre compte du lieu où elle était, se croyant

toujours en voyage. Le Porpora, Anzoleto, le comte Zustiniani, et la Corilla, passaient tour à tour devant ses yeux, lui disant des choses étranges et douloureuses, lui reprochant je ne sais quel crime dont elle portait la peine sans pouvoir se souvenir de l'avoir commis. Mais toutes ses visions s'effaçaient devant celle du comte Albert, qui repassait toujours devant elle avec sa barbe noire, son œil fixe, et son vêtement de deuil rehaussé d'or, par moments semé de larmes comme un drap mortuaire.

Elle trouva, en s'éveillant tout-à-fait, Amélie déjà parée avec élégance, fraîche et souriante à côté de son lit.

— Savez-vous, ma chère Porporina, lui dit la jeune baronne en lui donnant un baiser au front, que vous avez en vous quelque chose d'étrange? Je suis destinée à vivre avec des êtres extraordinaires ; car certainement vous en êtes un, vous aussi. Il y a un quart d'heure

que je vous regarde dormir, pour voir au
grand jour si vous êtes plus belle que moi. Je
vous confesse que cela me donne quelque
souci, et que, malgré l'abjuration complète
et empressée que j'ai faite de mon amour
pour Albert, je serais un peu piquée de le voir
vous regarder avec intérêt. Que voulez-vous?
c'est le seul homme qui soit ici, et jusqu'ici
j'y étai sla seule femme. Maintenant nous
sommes deux, et nous aurons maille à partir
si vous m'effacez trop.

— Vous aimez à railler, répondit Consuelo ;
ce n'est pas généreux de votre part. Mais
voulez-vous bien laisser le chapitre des mé-
chancetés, et me dire ce que j'ai d'extraordinaire? C'est peut-être ma laideur qui est
tout-à-fait revenue. Il me semble qu'en effet
cela doit être.

— Je vous dirai la vérité, Nina. Au premier coup d'œil que j'ai jeté sur vous ce ma-

tin, votre pâleur, vos grands yeux à demi-
clos et plutôt fixes qu'endormis, votre bras
maigre hors du lit, m'ont donné un moment
de triomphe. Et puis, en vous regardant toujours, j'ai été comme effrayée de votre im-
mobilité et de votre attitude vraiment royale.
Votre bras est celui d'une reine, je le sou-
tiens, et votre calme a quelque chose de do-
minateur et d'écrasant dont je ne peux pas
me rendre compte. Voilà que je me prends à
vous trouver horriblement belle, et cependant il y a de la douceur dans votre regard.
Dites-moi donc quelle personne vous êtes.
Vous m'attirez et vous m'intimidez : je suis
toute honteuse des folies que je vous ai racon-
tées de moi cette nuit. Vous ne m'avez encore
rien dit de vous; et cependant vous savez à
peu près tous mes défauts.

— Si j'ai l'air d'une reine, ce dont je ne
me serais guère douté, répondit Consuelo

avec un triste sourire, ce doit être l'air piteux
d'une reine détrônée. Quant à ma beauté,
elle m'a toujours paru très contestable; et
quant à l'opinion que j'ai de vous, chère baronne Amélie, elle est toute en faveur de votre franchise et de votre bonté.

— Pour franche, je le suis; mais vous,
Nina, l'êtes-vous? Oui, vous avez un air de
grandeur et de loyauté. Mais êtes-vous
expansive? Je ne le crois pas.

— Ce n'est pas à moi de l'être la première,
convenez-en. C'est à vous, protectrice et
maîtresse de ma destinée en ce moment, de
de me faire les avances.

— Vous avez raison. Mais votre grand sens
me fait peur. Si je vous parais écervelée, vous
ne me prêcherez pas trop, n'est-ce pas?

— Je n'en ai le droit en aucune façon. Je
suis votre maîtresse de musique, et rien de
plus. D'ailleurs une pauvre fille du peuple,

comme moi, saura toujours se tenir à sa place.

— Vous, une fille du peuple, fière Porporina ! Oh ! vous mentez ; cela est impossible. Je vous croirais plutôt un enfant mystérieux de quelque famille de princes. Que faisait votre mère ?

— Elle chantait, comme moi.

— Et votre père ?

Consuelo resta interdite. Elle n'avait pas préparé toutes ses réponses aux questions familièrement indiscrètes de la petite baronne. La vérité est qu'elle n'avait jamais entendu parler de son père, et qu'elle n'avait jamais songé à demander si elle en avait un.

— Allons ! dit Amélie en éclatant de rire, c'est cela, j'en étais sûre ; votre père est quelque grand d'Espagne, ou quelque doge de Venise.

Ces façons de parler parurent légères et blessantes à Consuelo.

— Ainsi, dit-elle avec un peu de mécontentement, un honnête ouvrier, ou un pauvre artiste, n'aurait pas eu le droit de transmettre à son enfant quelque distinction naturelle? Il faut absolument que les enfants du peuple soient grossiers et difformes !

— Ce dernier mot est une épigramme pour ma tante Wenceslawa, répliqua la baronne riant plus fort. Allons, chère Nina, pardonnez-moi si je vous fâche un peu, et laissez-moi bâtir dans ma cervelle un plus beau roman sur vous. Mais faites vite votre toilette, mon enfant; car la cloche va sonner, et ma tante ferait mourir de faim toute la famille plutôt que de laisser servir le déjeûner sans vous. Je vais vous aider à ouvrir vos caisses; donnez-moi les clefs. Je suis sûre que vous apportez de Venise les plus jolies toilettes, et

que vous allez me mettre au courant des mo-
des, moi qui vis dans ce pays de sauvages, et
depuis si long-temps !

Consuelo, se hâtant d'arranger ses cheveux, lui donna les clefs sans l'entendre, et
Amélie s'empressa d'ouvrir une caisse qu'elle
s'imaginait remplie de chiffons ; mais, à sa
grande surprise, elle n'y trouva qu'un amas
de vieille musique, de cahiers imprimés, effa-
cés par un long usage, et de manuscrits en
apparence indéchiffrables.

— Ah ! qu'est-ce que tout cela ? s'écria-t-
elle, en essuyant ses jolis doigts bien vite.
Vous avez là, ma chère enfant, une singulière
garde-robe !

— Ce sont des trésors, traitez-les avec respect, ma chère baronne, répondit Consuelo.
Il y a des autographes des plus grands maîtres, et j'aimerais mieux perdre ma voix que
de ne pas les remettre au Porpora qui me les

a confiés. Amélie ouvrit une seconde caisse,
et la trouva pleine de papier réglé, de traités
sur la musique, et d'autres livres sur la composition, l'harmonie et le contre-point.

— Ah! je comprends, dit-elle en riant,
ceci est votre écrin.

— Je n'en ai pas d'autre, répondit Consuelo, et j'espère que vous voudrez bien vous
en servir souvent.

— A la bonne heure, je vois que vous êtes
une maîtresse sévère. Mais peut-on vous demander sans vous offenser, ma chère Nina,
où vous avez mis vos robes?

— Là-bas dans ce petit carton, répondit
Consuelo en allant le chercher, et en montrant à la baronne une petite robe de soie
noire qui y était soigneusement et fraîche-
ment pliée.

— Est-ce là tout? dit Amélie.

—C'est là tout, dit Consuelo, avec ma robe

de voyage. Dans quelques jours d'ici, je me ferai une seconde robe noire, toute pareille à l'autre, pour changer.

— Ah ! ma chère enfant, vous êtes donc en deuil ?

— Peut-être, signora, répondit gravement Consuelo.

— En ce cas, pardonnez-moi J'aurais dû comprendre à vos manières que vous aviez quelque chagrin dans le cœur, et je vous aime autant ainsi. Nous sympathiserons encore plus vite ; car moi aussi j'ai bien des sujets de tristesse, et je pourrais déjà porter le deuil de l'époux qu'on m'avait destiné. Ah ! ma chère Nina, ne vous effarouchez pas de ma gaieté ; c'est souvent un effort pour cacher des peines profondes.

Elles s'embrassèrent, et descendirent au salon où on les attendait.

Consuelo vit, dès le premier coup d'œil, que

sa modeste robe noire, et son fichu blanc
fermé jusqu'au menton par une épingle de
jais, donnaient d'elle à la chanoinesse une
opinion très favorable. Le vieux Christian fut
un peu moins embarrassé et tout aussi affable envers elle que la veille. Le baron Frédérick, qui, par courtoisie, s'était abstenu d'aller à la chasse ce jour-là, ne sut pas trouver
un mot à lui dire, quoiqu'il eût préparé mille
gracieusetés pour les soins qu'elle venait rendre à sa fille. Mais il s'assit à table à côté
d'elle, et s'empressa de la servir, avec une
importunité si naïve et si minutieuse, qu'il
n'eut pas le temps de satisfaire son propre
appétit. Le chapelain lui demanda dans quel
ordre le patriarche faisait la procession à
Venise, et l'interrogea sur le luxe et les ornements des églises. Il vit à ses réponses qu'elle
les avait beaucoup fréquentées; et quand il sut
qu'elle avait appris à chanter au service

divin, il eut pour elle une grande considération.

Quant au comte Albert, Consuelo avait à
peine osé lever les yeux sur lui, précisément
parce qu'il était le seul qui lui inspirât un vif
sentiment de curiosité. Elle ne savait pas quel
accueil il lui avait fait. Seulement elle l'avait
regardé dans une glace en traversant le salon, et l'avait vu habillé avec une sorte de re-
cherche, quoique toujours en noir. C'était
bien la tournure d'un grand seigneur ; mais
sa barbe et ses cheveux dénoués, avec son
teint sombre et jaunâtre, lui donnaient la tête
pensive et négligée d'un beau pêcheur de
l'Adriatique, sur les épaules d'un noble personnage.

Cependant la sonorité de sa voix, qui flat-
tait les oreilles musicales de Consuelo, enhar-
dit peu à peu cette dernière à le regarder.
Elle fut surprise de lui trouver l'air et les ma-

nières d'un homme très sensé. Il parlait peu,
mais judicieusement; et lorsqu'elle se leva de
table, il lui offrit la main, sans la regarder il
est vrai (il ne lui avait fait cet honneur depuis la veille), mais avec beaucoup d'aisance
et de politesse. Elle trembla de tous ses
membres en mettant sa main dans celle de ce
héros fantastique des récits et des rêves de la
nuit précédente; elle s'attendait à la trouver
froide comme celle d'un cadavre. Mais elle
était douce et tiède comme la main d'un
homme soigneux et bien portant. A vrai dire,
Consuelo ne put guère constater ce fait. Son
émotion intérieure lui donnait une sorte de
vertige; et le regard d'Amélie, qui suivait
tous ses mouvements, eût achevé de la déconcerter, si elle ne se fût armée de toute la
force dont elle sentait avoir besoin pour conserver sa dignité vis-à-vis de cette malicieuse
jeune fille. Elle rendit au comte Albert le pro-

fond salut qu'il lui fit en la conduisant auprès d'un siége ; et pas un mot, pas un regard ne fut échangé entre eux.

— Savez-vous, perfide Porporina, dit Amélie à sa compagne en s'asseyant tout près d'elle pour chuchotter librement à son oreille, que vous faites merveille sur mon cousin ?

— Je ne m'en aperçois pas beaucoup jusqu'ici, répondit Consuelo.

— C'est que vous ne daignez pas vous apercevoir de ses manières avec moi. Depuis un an, il ne m'a pas offert une seule fois la main pour passer à table ou pour en sortir, et voilà qu'il s'exécute avec vous de la meilleure grâce ! Il est vrai qu'il est dans un de ses moments les plus lucides. On dirait que vous lui avez apporté la raison et la santé. Mais ne vous fiez point aux apparences, Nina. Ce sera avec vous comme avec moi. Après trois jours de cordialité, il ne se souviendra pas seulement de votre exis-tence.

— Je vois, dit Consuelo, qu'il faut que je m'habitue à la plaisanterie.

— N'est-il pas vrai, ma petite tante, dit à voix basse Amélie en s'adressant à la cha-noinesse, qui était venue s'asseoir auprès d'elle et de Consuelo, que mon cousin est tout-à-fait charmant pour la chère Porpo-rina?

— Ne vous moquez pas de lui, Amélie, répondit Wenceslawa avec douceur ; made-moiselle s'apercevra assez tôt de la cause de nos chagrins.

— Je ne me moque pas, bonne tante. Al-bert est tout-à-fait bien ce matin, et je me réjouis de le voir comme je ne l'ai pas encore vu peut-être depuis que je suis ici. S'il était rasé et poudré comme tout le monde, on pourrait croire aujourd'hui qu'il n'a jamais été malade.

— Cet air de calme et de santé me frappe en effet bien agréablement, dit la chanoinesse ; mais je n'ose plus me flatter de voir durer un si heureux état de choses.

— Comme il a l'air noble et bon ! dit Consuelo, voulant gagner le cœur de la chanoinesse par l'endroit le plus sensible.

— Vous trouvez ? dit Amélie, la transperçant de son regard espiègle et moqueur.

— Oui, je le trouve, répondit Consuelo avec fermeté, et je vous l'ai dit hier soir, signora ; jamais visage humain ne m'a inspiré plus de respect.

— Ah ! chère fille, dit la chanoinesse en quittant tout-à-coup son air guindé pour serrer avec émotion la main de Consuelo ; les bons cœurs se devinent ! Je craignais que mon pauvre enfant ne vous fît peur ; c'est

une si grande peine pour moi que de lire sur
le visage des autres l'éloignement qu'inspi-
rent toujours de pareilles souffrances! Mais
vous avez de la sensibilité, je le vois, et vous
avez compris tout de suite qu'il y a dans ce
corps malade et flétri une âme sublime, bien
digne d'un meilleur sort.

Consuelo fut touchée jusqu'aux larmes des
paroles de l'excellente chanoinesse, et elle
lui baisa la main avec effusion. Elle sentait
déjà plus de confiance et de sympathie dans
son cœur pour cette vieille bossue que pour
la brillante et frivole Amélie.

Elles furent interrompues par le baron
Frédérick, lequel, comptant sur son courage plus que sur ses moyens, s'approchait
avec l'intention de demander une grâce à la
signora Porporina. Encore plus gauche auprès des dames que ne l'était son frère aîné
(cette gaucherie était, à ce qu'il parait, une

maladie de famille, qu'on ne devait pas s'é-
tonner beaucoup de retrouver développée
jusqu'à la sauvagerie chez Albert), il bal-
butia un discours et beaucoup d'excuses
qu'Amélie se chargea de comprendre et de
traduire à Consuelo. — Mon père vous demande, lui dit-elle, si vous vous sentez le
courage de vous remettre à la musique,
après un voyage aussi pénible, et si ce ne
serait pas abuser de votre bonté que de vous
prier d'entendre ma voix et de juger ma
méthode.

— De tout mon cœur, répondit Consuelo
en se levant avec vivacité et en allant ouvrir
le clavecin.

— Vous allez voir, lui dit tout bas Amélie
en arrangeant son cahier sur le pupitre, que
céci va mettre Albert en fuite malgré vos
beaux yeux et les miens.

En effet, Amélie avait à peine préludé

pendant quelques minutes, qu'Albert se leva,
et sortit sur la pointe du pied comme un
homme qui se flatte d'être inaperçu.

— C'est beaucoup, dit Amélie en causant
toujours à voix basse, tandis qu'elle jouait à
contre mesure, qu'il n'ait pas jeté les portes
avec fureur, comme cela lui arrive souvent
quand je chante. Il est tout-à-fait aimable,
on peut même dire galant aujourd'hui.

Le chapelain, s'imaginant masquer la
sortie d'Albert, se rapprocha du clavecin, et
feignit d'écouter avec attention. Le reste
de la famille fit à distance un demi-cercle
pour attendre respectueusement le jugement que Consuelo porterait sur son élève.

Amélie choisit bravement un air de l'*A-
chille in Scyro* de Pergolèse, et le chanta avec
assurance d'un bout à l'autre, avec une voix
fraîche et perçante, accompagnée d'un accent allemand si comique, que Consuelo,

n'ayant jamais rien entendu de pareil, se tint
à quatre pour ne pas sourire à chaque mot.
Il ne lui fallut pas écouter quatre mesures
pour se convaincre que la jeune baronne
n'avait aucune notion vraie, aucune intelligence de la musique. Elle avait le timbre
flexible, et pouvait avoir reçu de bonnes leçons; mais son caractère était trop léger
pour lui permettre d'étudier quoi que ce fût
en conscience. Par la même raison, elle ne
doutait pas de ses forces, et sabrait avec un
sang-froid germanique les traits les plus audacieux et les plus difficiles. Elle les manquait tous sans se déconcerter, et croyait
couvrir ses maladresses en forçant l'intona-
tion, et en frappant l'accompagnement avec
vigueur, rétablissant la mesure comme elle
pouvait, en ajoutant des temps aux mesures
qui suivaient celles où elle en avait sup-
primé, et changeant le caractère de la mu-

sique, à tel point que Consuelo eût eu peine
à reconnaître ce qu'elle entendait, si le
cahier n'eût été devant ses yeux.

Cependant le comte Christian, qu'y s'y
connaissait bien, mais qui supposait à sa
nièce la timidité qu'il aurait eue à sa place,
disait de temps en temps pour l'encourager :
— Bien, Amélie, bien ! belle musique, en
vérité, belle musique !

La chanoinesse, qui n'y entendait pas
grand'chose, cherchait avec sollicitude dans
les yeux de Consuelo à pressentir son opinion ; et le baron, qui n'aimait pas d'autre
musique que celle des fanfares de chasse,
s'imaginant que sa fille chantait trop bien
pour qu'il pût la comprendre, attendait avec
confiance l'expression du contentement de
son juge. Le chapelain seul était charmé de
ces gargouillades, qu'il n'avait jamais en-
tendues avant l'arrivée d'Amélie au château,

et balançait sa grosse tête avec un sourire
de béatitude.

Consuelo vit bien que dire la vérité crû-
ment serait porter la consternation dans la
famille. Elle se réserva d'éclairer son élève
en particulier sur tout ce qu'elle avait à oublier avant d'apprendre quelque chose,
donna des éloges à sa voix, la questionna sur
ses études, approuva le choix des maîtres
qu'on lui avait fait étudier, et se dispensa
ainsi de déclarer qu'elle les avait étudiés à
contre-sens.

On se sépara fort satisfait d'une épreuve
qui n'avait été cruelle que pour Consuelo.
Elle eut besoin d'aller s'enfermer dans sa
chambre avec la musique qu'elle venait
d'entendre profaner, et de la lire des yeux,
en la chantant mentalement, pour effacer
de son cerveau l'impression désagréable
qu'elle venait de recevoir.

12

Lorsqu'on se rassembla de nouveau vers
le soir, Consuelo se sentant plus à l'aise avec
toutes ces personnes qu'elle commençait à
connaître, répondit avec moins de réserve
et de brièveté aux questions que, de leur
côté, elles s'enhardirent à lui adresser sur

son pays, sur son art, et sur ses voyages.
Elle évita soigneusement, ainsi qu'elle se
l'était prescrit, de parler d'elle-même, et
raconta les choses au milieu desquelles elle
avait vécu sans jamais faire mention du rôle
qu'elle y avait joué. C'est en vain que la curieuse Amélie s'efforça de l'amener dans la
conversation à développer sa personnalité.
Consuelo ne tomba pas dans ses pièges, et ne
trahit pas un seul instant l'incognito qu'elle
s'était promis de garder. Il serait difficile de
dire précisément pourquoi ce mystère avait
pour elle un charme particulier. Plusieurs
raisons l'y portaient. D'abord elle avait promis, juré au Porpora, de se tenir si cachée
et si effacée de toutes manières qu'il fût impossible à Anzoleto de retrouver sa trace au
cas où il se mettrait à la poursuivre; pré-
caution bien inutile, puisqu'à cette époque
Anzoleto, après quelques velléités de ce

genre, rapidement étouffées, n'était plus occupé que de ses débuts et de son succès à
Venise.

En second lieu, Consuelo, voulant se concilier l'affection et l'estime de la famille qui
donnait un asile momentané à son isolement
et à sa douleur, comprenait bien qu'on l'ac-
cepterait plus volontiers simple musicienne,
élève du Porpora et maîtresse de chant, que
prima donna, femme de théâtre et cantatrice
célèbre. Elle savait qu'une telle situation
avouée lui imposerait un rôle difficile au milieu de ces gens simples et pieux ; et il est
probable que, malgré les recommandations
du Porpora, l'arrivée de Consuelo, la débutante, la merveille de San-Samuel, les eût
passablement effarouchés. Mais ces deux
puissants motifs n'eussent-ils pas existé,
Consuelo aurait encore éprouvé le besoin de
se taire et de ne laisser pressentir à personne

l'éclat et les misères de sa destinée. Tout se
tenait dans sa vie, sa puissance et sa faiblesse, sa gloire et son amour. Elle ne pouvait soulever le moindre coin du voile sans
montrer une des plaies de son âme ; et ces
plaies étaient trop vives, trop profondes,
pour qu'aucun secours humain pût les soulager. Elle n'éprouvait d'allégement au contraire que dans l'espèce de rempart qu'elle
venait d'élever entre ses douloureux souvenirs et le calme énergique de sa nouvelle
existence. Ce changement de pays, d'entou-
rage, et de nom, la transportait tout à coup
dans un milieu inconnu où, en jouant un
rôle différent, elle aspirait à devenir un nouvel être.

Cette abjuration de toutes les vanités qui
eussent consolé une autre femme fut le salut
de cette âme courageuse. En renonçant à
toute pitié comme à toute gloire humaine,

elle sentit une force céleste venir à son secours. Il faut que je retrouve une partie de
mon ancien bonheur, se disait-elle ; celui que
j'ai goûté long temps et qui consistait tout
entier à aimer les autres et à en être aimée.
Le jour où j'ai cherché leur admiration, ils
m'ont retiré leur amour, et j'ai payé trop
cher les honneurs qu'ils ont mis à la place de
leur bienveillance. Refaisons – nous donc
obscure et petite, afin de n'avoir ni envieux,
ni ingrats, ni ennemis sur la terre. La moindre marque de sympathie est douce, et le plus
grand témoignage d'admiration est mêlé d'a-
mertume. S'il est des cœurs orgueilleux et
forts à qui la louange suffit, et que le triomphe console, le mien n'est pas de ce nombre,
je l'ai trop cruellement éprouvé. Hélas! la
gloire m'a ravi le cœur de mon amant ;
que l'humilité me rende du moins quelques
amis !

Ce n'était pas ainsi que l'entendait le Porpora. En éloignant Consuelo de Venise, en la
soustrayant aux dangers et aux déchirements
de sa passion, il n'avait songé qu'à lui procu-
rer quelques jours de repos avant de la rappeler sur la scène des ambitions, et de la lancer de nouveau dans les orages de la vie d'artiste. Il ne connaissait pas bien son élève. Il
la croyait plus femme, c'est-à-dire, plus mo-
bile qu'elle ne l'était. En songeant à elle
dans ce moment-là, il ne se la représentait
pas calme, affectueuse, et occupée des autres, comme elle avait déjà la force de l'être.
Il la croyait noyée dans les pleurs et dévorée
de regrets. Mais il pensait qu'une grande
réaction devait bientôt s'opérer en elle, et
qu'il la retrouverait guérie de son amour,
ardente à reprendre l'exercice de sa force et
les privilèges de son génie.

Ce sentiment intérieur si pur et si religieux

que Consuelo venait de concevoir de son rôle
dans la famille de Rudolstadt, répandit, dès ce
premier jour, une sainte sérénité sur ses paroles, sur ses actions, et sur son visage. Qui
l'eût vue naguère resplendissante d'amour et
de joie au soleil de Venise, n'eût pas compris
aisément comment elle pouvait être tout à
coup tranquille et affectueuse au milieu d'in-
connus, au fond des sombres forêts, avec son
amour flétri dans le passé et ruiné dans l'a-
venir. C'est que la bonté trouve la force, là
où l'orgueil ne rencontrerait que le désespoir.
Consuelo fut belle ce soir-là, d'une beauté qui
ne s'était pas encore manifestée en elle. Ce
n'était plus ni l'engourdissement d'une grande
nature qui s'ignore elle-même et qui attend
son réveil, ni l'épanouissement d'une puissance qui prend l'essor avec surprise et ravissement. Ce n'était donc plus ni la beauté voi-
lée et incompréhensible de la *scolare zinga-*

rella, ni la beauté splendide et saisissante de
la cantatrice couronnée; c'était le charme
pénétrant et suave de la femme pure et recueillie qui se connaît elle-même et se
gouverne par la sainteté de sa propre im-
pulsion.

Ses vieux hôtes, simples et affectueux,
n'eurent pas besoin d'autre lumière que celle
de leur généreux instinct pour aspirer, si je
puis ainsi dire, le parfum mystérieux qu'exha-
lait dans leur atmosphère intellectuelle l'âme
angélique de Consuelo. Ils éprouvèrent, en la
regardant, un bien-être moral dont ils ne se
rendirent pas bien compte, mais dont la douceur les remplit comme d'une vie nouvelle.
Albert lui-même semblait jouir pour la première fois de ses facultés avec plénitude et
liberté. Il était prévenant et affectueux avec
tout le monde : il l'était avec Consuelo dans la
mesure convenable, et il lui parla à plusieurs

reprises de manière à prouver qu'il n'abdi-
quait pas, ainsi qu'on l'avait cru jusqu'alors,
l'esprit élevé et le jugement lumineux que la
nature lui avait donnés. Le baron ne s'endormit pas, la chanoinesse ne soupira pas une
seule fois ; et le comte Christian, qui avait
l'habitude de s'affaisser mélancoliquement le
soir dans son fauteuil sous le poids de la vieil-
lesse et du chagrin, resta debout le dos à la
cheminée comme au centre de sa famille, et
prenant part à l'entretien aisé et presque
enjoué qui dura sans tomber jusqu'à neuf
heures du soir.

— Dieu semble avoir exaucé enfin nos ar-
dentes prières, dit le chapelain au comte
Christian et à la chanoinesse, restés les derniers au salon, après le départ du baron et
des jeunes gens. Le comte Albert est entré
aujourd'hui dans sa trentième année, et ce
jour solennel, dont l'attente avait toujours si

vivement frappé son imagination et la nôtre,
s'est écoulé avec un calme et un bonheur in-
concevables.

— Oui, rendons grâce à Dieu ! dit le vieux
comte. Je ne sais si c'est un songe bienfaisant
qu'il nous envoie pour nous soulager un
instant ; mais je me suis persuadé durant
toute cette journée, et ce soir particulièrement, que mon fils était guéri pour toujours.

— Mon frère, dit la chanoinesse, je vous en
demande pardon ainsi qu'à vous, monsieur le
chapelain, qui avez toujours cru Albert tourmenté par l'ennemi du genre humain. Moi je
l'ai toujours cru aux prises avec deux puissan-
ces contraires qui se disputaient sa pauvre
âme ; car bien souvent lorsqu'il semblait répéter les discours du mauvais ange, le ciel
parlait par sa bouche un instant après. Rap-
pelez-vous maintenant tout ce qu'il disait

hier soir durant l'orage et ses dernières paroles en nous quittant : « La paix du Seigneur
« est descendue sur celte maison. » Albert
sentait s'accomplir en lui un miracle de la
grâce, et j'ai foi à sa guérison comme à la
promesse divine.

Le chapelain était trop timoré pour accepter d'emblée une proposition si hardie. Il
se tirait toujours d'embarras en disant :
« Rapportons-nous-en à la sagesse éternelle ;
Dieu lit dans les choses cachées ; l'esprit doit
s'abîmer en Dieu ; » et autres sentences plus
consolantes que nouvelles.

Le comte Christian était partagé entre le
désir d'accepter l'ascétisme un peu tourné au
merveilleux de sa bonne sœur, et le respect
que lui imposait l'orthodoxie méticuleuse et
prudente de son confesseur. Il crut détourner
la conversation en parlant de la Porporina, et
en louant le maintien charmant de cette

jeune personne. La chanoinesse, qui l'aimait
déjà, renchérit sur ces éloges, et le chapelain
donna sa sanction à l'entraînement de cœur
qu'ils éprouvaient pour elle. Il ne leur vint
pas à l'esprit d'attribuer à la présence de
Consuelo le miracle qui venait de s'accomplir
dans leur intérieur. Ils en recueillirent le
bienfait sans en reconnaître la source ; c'est
tout ce que Consuelo eût demandé à Dieu, si
elle eût été consultée.

Amélie avait fait des remarques un peu
plus précises. Il devenait bien évident pour
elle que son cousin avait, dans l'occasion,
assez d'empire sur lui-même pour cacher le
désordre de ses pensées aux personnes dont il
se méfiait, comme à celles qu'il considérait
particulièrement. Devant certains parents ou
certains amis de sa famille qui lui inspiraient
ou de la sympathie ou de l'antipathie, il n'a-
vait jamais trahi par aucun fait extérieur

l'excentricité de son caractère. Aussi, lorsque
Consuelo lui exprima sa surprise de ce qu'elle
lui avait entendu raconter la veille, Amélie,
tourmentée d'un secret dépit, s'efforça de lui
rendre l'effroi que ses récits avaient déjà pro-
voqué en elle pour le comte Albert. — Eh !
ma pauvre amie, lui dit-elle, méfiez-vous de
ce calme trompeur; c'est le temps d'arrêt qui
sépare toujours chez lui une crise récente
d'une crise prochaine. Vous l'avez vu aujour-
d'hui tel que je l'ai vu en arrivant ici au commencement de l'année dernière. Hélas ! si
vous étiez destinée par la volonté d'autrui à
devenir la femme d'un pareil visionnaire, si,
pour vaincre votre tacite résistance, on avait
tacitement comploté de vous tenir captive in-
définiment dans cet affreux château, avec un
régime continu de surprises, de terreurs et
d'agitations, avec des pleurs, des exorcismes
et des extravagances pour tout spectacle, en

attendant une guérison à laquelle on croit toujours et qui n'arrivera jamais, vous seriez comme moi bien désenchantée des belles manières d'Albert et des douces paroles de la famille.

— Il n'est pas croyable, dit Consuelo, qu'on veuille forcer votre volonté au point de vous unir malgré vous à un homme que vous n'aimez point. Vous me paraissez être l'idole de vos parents.

— On ne me forcera à rien : on sait bien que ce serait tenter l'impossible. Mais on oubliera qu'Albert n'est pas le seul mari qui puisse me convenir, et Dieu sait quand on renoncera à la folle espérance de me voir reprendre pour lui l'affection que j'avais éprouvée d'abord. Et puis mon pauvre père, qui a la passion de la chasse, et qui a ici de quoi se satisfaire, se trouve fort bien dans ce maudit château, et fait toujours valoir quelque pré-

texte pour retarder notre départ, vingt fois
projeté et jamais arrêté. Ah ! si vous saviez,
ma chère Nina, quelque secret pour faire pé-
rir dans une nuit tout le gibier de la contrée,
vous me rendriez le plus grand service qu'âme
humaine puisse me rendre.

— Je ne puis malheureusement que m'ef-
forcer de vous distraire en faisant faire de la
musique, et en causant avec vous le soir,
lorsque vous n'aurez pas envie de dormir. Je
tâcherai d'être pour vous un calmant et un
somnifère.

— Vous me rappelez, dit Amélie, que j'ai
le reste d'une histoire à vous raconter. Je
commence afin de ne pas vous faire coucher
trop tard :

Quelques jours après la mystérieuse absence qu'il avait faite (toujours persuadé que
cette semaine de disparition n'avait duré que
sept heures), Albert commença seulement à

remarquer que l'abbé n'était plus au château, et il demanda où on l'avait envoyé.

— Sa présence auprès de vous n'étant plus nécessaire, lui répondit-on, il est retourné à ses affaires. Ne vous en étiez-vous pas encore aperçu?

— Je m'en apercevais, répondit Albert : *quelque chose manquait à ma souffrance;* mais je ne me rendais pas compte de ce que ce pouvait être.

— Vous souffrez donc beaucoup, Albert? lui demanda la chanoinesse.

— Beaucoup, répondit-il du ton d'un homme à qui l'on demande s'il a bien dormi.

— Et l'abbé vous était donc bien désagréable? lui demanda le comte Christian.

— Beaucoup, répondit Albert du même ton.

— Et pourquoi donc, mon fils, ne l'avez-vous pas dit plus tôt? Comment avez-vous supporté pendant si long-temps la présence d'un homme qui vous était antipathique, sans me faire part de votre déplaisir? Doutez-vous, mon cher enfant, que je n'eusse fait cesser au plus vite votre souffrance?

— C'était un bien faible accessoire à ma douleur, répondit Albert avec une effrayante tranquillité; et vos bontés, dont je ne doute pas, mon père, n'eussent pu que la soulager légèrement en me donnant un autre surveillant.

— Dites un autre compagnon de voyage, mon fils. Vous vous servez d'une expression injurieuse pour ma tendresse.

— C'est votre tendresse qui causait votre sollicitude, ô mon père! Vous ne pouviez pas savoir le mal que vous me faisiez en m'éloignant de vous et de cette maison, où ma place était marquée par la Providence jusqu'à une époque où ses desseins sur moi

doivent s'accomplir. Vous avez cru travailler
à ma guérison et à mon repos ; moi qui comprenais mieux que vous ce qui convient à
nous deux, je savais bien que je devais vous
seconder et vous obéir. J'ai connu mon devoir et je l'ai rempli.

— Je sais votre vertu et votre affection
pour nous, Albert ; mais ne sauriez-vous expliquer plus clairement votre pensée ?

— Cela est bien facile, répondit Albert, et
le moment de le faire est venu.

Il parlait avec tant de calme que nous
crûmes toucher au moment fortuné ou l'âme
d'Albert allait cesser d'être pour nous une
énigme douloureuse. Nous nous serrâmes
autour de lui, l'encourageant par nos regards
et nos caresses à s'épancher entièrement
pour la première fois de sa vie. Il parut décidé à nous accorder enfin cette confiance,
et il parla ainsi.

— Vous m'avez toujours pris, vous me
prenez encore tous pour un malade et pour
un insensé. Si je n'avais pour vous tous une
vénération et une tendresse infinies, j'oserais
peut-être approfondir l'abîme qui nous sépare, et je vous montrerais que vous êtes
dans un monde d'erreur et de préjugés,
tandis que le ciel m'a donné accès dans une
sphère de lumière et de vérité. Mais vous ne
pourriez pas me comprendre sans renoncer
à tout ce qui fait votre calme, votre religion
et votre sécurité. Lorsque, emporté à mon
insu par des accès d'enthousiasme, quelques
paroles imprudentes m'échappent, je m'a-
perçois bientôt après que je vous ai fait un
mal affreux en voulant déraciner vos chi-
mères et secouer devant vos yeux affaiblis
la flamme éclatante que je porte dans mes
mains. Tous les détails, toutes les habitudes
de votre vie, tous les fibres de votre cœur,

tous les ressorts de votre intelligence sont
tellement liés, enlacés et rivés au joug du
mensonge, à la loi des ténèbres, qu'il semble
que je vous donne la mort en voulant vous
donner la foi. Il y a pourtant une voix qui
me crie dans la veille et dans le sommeil,
dans le calme et dans l'orage, de vous éclairer et de vous convertir. Mais je suis un
homme trop aimant et trop faible pour l'en-
treprendre. Quand je vois vos yeux pleins de
larmes, vos poitrines gonflées, vos fronts
abattus, quand je sens que je porte en vous
la tristesse et l'épouvante, je m'enfuis, je me
cache pour résister au cri de ma conscience
et à l'ordre de ma destinée. Voilà mon
mal, voilà mon tourment, voilà ma croix et
mon supplice; me comprenez-vous maintenant?

— Mon oncle, ma tante et le chapelain
comprenaient jusqu'à un certain point

qu'Albert s'était fait une morale et une religion complètement différentes des leurs ;
mais, timides comme des dévots, ils crai-
gnaient d'aller trop avant, et n'osaient plus
encourager sa franchise. Quant à moi, qui
ne savais encore que vaguement les parti-
cularités de son enfance et de sa première
jeunesse, je ne comprenais pas du tout.
D'ailleurs, à cette époque, j'étais à peu près
au même point que vous, Nina ; je savais fort
peu ce que c'était que ce Hussitisme et ce
Luthérianisme dont j'ai entendu si souvent
parler depu s, et dont les controverses dé-
battues entre Albert et le chapelain m'ont
accablée d'un si lamentable ennui. J'attendais donc impatiemment une plus ample explication ; mais elle ne vint pas. — Je vois,
dit Albert, frappé du silence qui se faisait
autour de lui, que vous ne voulez pas me
comprendre, de peur de me comprendre

trop. Qu'il en soit donc comme vous le voulez. Votre aveuglement a porté depuis long-
temps l'arrêt dont je subis la rigueur. Eter-
nellement malheureux, éternellement seul,
éternellement étranger parmi ceux que
j'aime, je n'ai de refuge et de soutien que
dans laconsolation qui m'a été promise.

— Quelle est donc cette consolation, mon
fils? dit le comte Christian mortellement
affligé; ne peut-elle venir de nous, et ne
pouvons-nous jamais arriver à nous entendre?

—Jamais, mon père. Aimons-nous, puisque
cela seul nous est permis. Le ciel m'est témoin que notre désaccord immense, irrépa-
rable, n'a jamais altéré en moi l'amour que
je vous porte.

— Et cela ne suffit il pas? dit la chanoinesse en lui prenant une main, tandis que
son frère pressait l'autre main d'Albert dans

les siennes; ne peux-tu oublier tes idées étranges, tes bizarres croyances, pour vivre d'affection au milieu de nous?

— Je vis d'affection, répondit Albert. C'est un bien qui se communique et s'échange délicieusement ou amèrement, selon que la foi religieuse est commune ou opposée. Nos cœurs communient ensemble, ô ma tante Wenceslawa! mais nos intelligences se font la guerre, et c'est une grande infortune pour nous tous! Je sais qu'elle ne cessera point avant plusieurs siècles, voilà pourquoi j'attendrai dans celui-ci un bien qui m'est promis, et qui me donnera la force d'espérer.

— Quel est ce bien, Albert? ne peux-tu me le dire?

— Non, je ne puis le dire, parce que je l'ignore; mais il viendra. Ma mère n'a point passé une semaine sans me l'annoncer dans mon sommeil, et toutes les voix de la forêt

me l'ont répété chaque fois que je les ai in-
terrogées. Un ange voltige souvent, et me
montre sa face pâle et lumineuse au dessus
de la pierre d'épouvante; à cet endroit sinistre, sous l'ombrage de ce chêne, où,
lorsque les hommes mes contemporains
m'appelaient Zizka, je fus transporté de la
colère du Seigneur, et devins pour la première fois l'instrument de ses vengeances;
au pied de cette roche où, lorsque je m'ap-
pelais Wratislaw, je vis rouler d'un coup de
sabre la tête mutilée et défigurée de mon père
Withold, redoutable expiation qui m'apprit
ce que c'est que la douleur et la pitié, jour
de rémunération fatale, où le sang luthérien
lava le sang catholique, et qui fit de moi un
homme faible et tendre, au lieu d'un homme
de fanatisme et de destruction que j'avais été
cent ans auparavant...

—Bonté divine, s'écria ma tante en se signant, voilà sa folie qui le reprend !

— Ne le contrariez point, ma sœur, dit le comte Christian en faisant un grand effort sur lui-même ; laissez-le s'expliquer. Parle, mon fils, qu'est-ce l'ange t'a dit sur la pierre d'épouvante ?

— Il m'a dit que ma consolation était proche, répondit Albert avec un visage rayonnant d'enthousiasme, et qu'elle descendrait dans mon cœur lorsque j'aurais accompli ma vingt-neuvième année.

Mon oncle laissa retomber sa tête sur son sein. Albert semblait faire allusion à sa mort en désignant l'âge où sa mère était morte, et il paraît qu'elle avait souvent prédit, durant sa maladie, que ni elle ni ses fils n'atteindraient l'âge de trente ans. Il paraît que ma tante Wanda était aussi un peu illuminée pour ne rien dire de plus ; mais je n'ai jamais

pu rien savoir de précis à cet égard. C'est un
souvenir trop douloureux pour mon oncle,
et personne n'ose le réveiller autour de lui.

Le chapelain tenta d'éloigner la funeste
pensée que cette prédiction faisait naître, en
amenant Albert à s'expliquer sur le compte
de l'abbé. C'était par là que la conversation
avait commencé.

Albert fit à son tour un effort pour lui répondre.—Je vous parle de choses divines et
éternelles, reprit-il après un peu d'hésitation, et vous me rappelez les courts instants
qui s'envolent, les soucis puérils et éphé-
mères dont le souvenir s'efface déjà en moi.

— Parle encore, mon fils, parle, reprit le
comte Christian; il faut que nous te connais-
sions aujourd'hui.

— Vous ne m'avez point connu, mon père,
répondit Albert, et vous ne me connaîtrez
point dans ce que vous appelez cette vie.

Mais si vous voulez savoir pourquoi j'ai voyagé, pourquoi j'ai supporté ce gardien infidèle et insouciant que vous aviez attaché à mes pas comme un chien gourmand et paresseux au bras d'un aveugle, je vous le dirai en peu de mots. Je vous avais fait assez souffrir. Il fallait vous dérober le spectacle d'un fils rebelle à vos leçons et sourd à vos remontrances. Je savais bien que je ne guérirais pas de ce que vous appeliez mon délire ; mais il fallait vous laisser le repos et l'espérance : j'ai consenti à m'éloigner. Vous aviez exigé de moi la promesse que je ne me séparerais point, sans votre consentement, de ce guide que vous m'aviez donné, et que je me laisserais conduire par lui à travers le monde. J'ai voulu tenir ma promesse ; j'ai voulu aussi qu'il pût entretenir votre espérance et votre sécurité, en vous rendant compte de ma douceur et de ma

patience. J'ai été doux et patient. Je lui ai
fermé mon cœur et mes oreilles; il a eu
l'esprit de ne pas songer seulement à se les
faire ouvrir. Il m'a promené, habillé et
nourri comme un enfant. J'ai renoncé à
vivre comme je l'entendais; je me suis habitué à voir le malheur, l'injustice et la démence régner sur la terre. J'ai vu les
hommes et leurs institutions; l'indignation a
fait place dans mon cœur à la pitié, en re-
connaissant que l'infortune des opprimés
était moindre que celle des oppresseurs.
Dans mon enfance, je n'aimais que les victimes : je me suis pris de charité pour les
bourreaux, pénitents déplorables qui portent
dans cette génération la peine des crimes
qu'ils ont commis dans des existences antérieures, et que Dieu condamne à être méchants, supplice mille fois plus cruel que
celui d'être leur proie innocente. Voilà pour-

quoi je ne fais plus l'aumône que pour me soulager personnellement du poids de la richesse, sans vous tourmenter de mes prédications, connaissant aujourd'hui que le temps n'est pas venu d'être heureux, puisque le temps d'être bon est loin encore, pour parler le langage des hommes.

— Et maintenant que tu es délivré de ce surveillant, comme tu l'appelles, maintenant que tu peux vivre tranquille, sans avoir sous les yeux le spectacle de misères que tu éteins une à une autour de toi, sans que personne contrarie ton généreux entraînement, ne peux-tu faire un effort sur toi-même pour chasser tes agitations intérieures?

— Ne m'interrogez plus, mes chers parents, répondit Albert: je ne dirai plus rien aujourd'hui.

Il tint parole, et au-delà; car il ne desserra plus les dents de toute une semaine.

13

L'histoire d'Albert sera terminée en peu de mots, ma chère Porporina, parce qu'à moins de vous répéter ce que vous avez déjà entendu, je n'ai presque plus rien à vous apprendre. La conduite de mon cousin durant les dix-huit mois que j'ai passés ici a été une continuelle répétition des fantaisies que vous connaissez maintenant. Seulement son prétendu souvenir de ce qu'il avait été et de ce qu'il avait vu dans les siècles passés prit une apparence de réalité effrayante, lorsque Albert vint à manifester une faculté particulière et vraiment inouïe dont vous avez peut-être entendu parler, mais à laquelle je ne croyais pas, avant d'en avoir eu les preuves qu'il en a données. Cette faculté s'appelle, dit-on, en d'autres pays, la seconde vue ; et ceux qui la possèdent sont l'objet d'une grande vénération parmi les gens superstitieux. Quant à moi, qui ne sais qu'en penser, et qui n'entreprendrai point de vous en donner une explication raisonnable, j'y trouve un motif de plus pour ne jamais être la femme d'un homme qui verrait toutes mes actions, fût-il à cent lieues de moi, et qui lirait presque dans ma pensée. Une telle

femme doit être au moins une sainte, et le
moyen de l'être avec un homme qui semble
voué au diable !

— Vous avez le don de plaisanter sur
toutes choses, dit Consuelo, et j'admire l'en-
jouement avec lequel vous parlez de choses
qui me font dresser les cheveux sur la tête.
En quoi consiste donc cette seconde vue ?

— Albert voit et entend ce qu'aucun autre
ne peut voir ni entendre. Lorsqu'une personne qu'il aime doit venir, bien que personne ne l'attende, il l'annonce et va à sa
rencontre une heure d'avance. De même il
se retire et va s'enfermer dans sa chambre,
quand il sent venir de loin quelqu'un qui lui
déplaît.

Un jour qu'il se promenait avec mon père
dans un sentier de la montagne, il s'arrêta
tout-à-coup et fit un grand détour à travers
les rochers et les épines, pour ne point pas-

ser sur une certaine place qui n'avait cependant rien de particulier. Ils revinrent sur leurs pas au bout de quelques instants, et Albert fit le même manège. Mon père, qui l'observait, feignit d'avoir perdu quelque chose, et voulut l'amener au pied d'un sapin qui paraissait être l'objet de cette répugnance. Nonseulement Albert évita d'en approcher, mais encore il affecta de ne point marcher sur l'ombre que cet arbre projetait en travers du chemin; et, tandis que mon père passait et repassait dessus, il montra un malaise et une angoisse extraordinaires. Enfin, mon père s'étant arrêté tout au pied de l'arbre, Albert fit un cri, et le rappela précipitamment. Mais il refusa bien long-temps de s'expliquer sur cette fantaisie, et ce ne fut que vaincu par les prières de toute la famille, qu'il déclara que cet arbre était la marque d'une sépulture, et qu'un grand crime avait été commis en ce lieu.

Le chapelain pensa que si Albert avait connaissance de quelque meurtre commis jadis en cet endroit, il était de son devoir de s'en informer, afin de donner la sépulture à des ossements abandonnés.

— Prenez garde à ce que vous ferez, dit Albert avec l'air moqueur et triste à la fois qu'il sait prendre souvent. L'homme, la femme et l'enfant que vous trouverez là étaient Hussites, et c'est l'ivrogne Wenceslas qui les a fait égorger par ses soldats, une nuit qu'il se cachait dans nos bois, et qu'il craignait d'être observé et trahi par eux.

On ne parla plus de cette circonstance à mon cousin. Mais mon oncle, qui voulait savoir si c'était une inspiration ou un caprice de sa part, fit faire des fouilles durant la nuit à l'endroit que désigna mon père. On y

trouva les squelettes d'un homme, d'une
femme et d'un enfant. L'homme était couvert d'un de ces énormes boucliers de bois que
portaient les Hussites, et qui sont bien re-
connaissables à cause du calice qui est gravé
dessus, avec cette devise autour en latin :
O Mort, que ton souvenir est amer aux mé-
chants ! mais que tu laisses calme celui dont
toutes les actions sont justes et dirigées en vue
du trépas (1) !

On porta ces ossements dans un endroit
plus retiré de la forêt, et lorsque Albert re-
passa à plusieurs jours de là au pied du sapin,
mon père remarqua qu'il n'éprouvait aucune
répugnance à marcher sur cette place, qu'on

---

(1) *O mors, quam est amara memoria tua hominibus*
injustis, viro quieta cujus omnes res fiunt ordinate et
ad hoc. C'est une sentence empruntée à la Bible (*Ecclé-*
siastique, ch. XLI, v. 1 et 3). Mais dans la Bible au lieu
des méchants, il y a les riches ; au lieu des justes, les
indigents.

avait cependant recouverte de pierres et de sable, et où rien ne paraissait changé. Il ne se souvenait pas même de l'émotion qu'il avait eue en cette occasion, et il eut de la peine à se la rappeler lorsqu'on lui en parla.

— Il faut, dit-il à mon père, que vous vous trompiez, et que j'aie été *averti* dans un autre endroit. Je suis certain qu'ici il n'y a rien ; car je ne sens ni froid, ni douleur, ni tremblement dans mon corps.

Ma tante était bien portée à attribuer cette puissance divinatoire à une faveur spéciale de la Providence. Mais Albert est si sombre, si tourmenté, et si malheureux, qu'on ne conçoit guère pourquoi la Providence lui aurait fait un don si funeste. Si je croyais au diable, je trouverais bien plus acceptable la supposition de notre chapelain, qui lui met toutes les hallucinations d'Albert sur le dos.

Mon oncle Christian, qui est un homme plus
sensé et plus ferme dans sa religion que nous
tous, trouve, à beaucoup de ces choses-là
des éclaircissements fort vraisemblables. Il
pense que malgré tous les soins qu'ont pris
les jésuites de brûler, pendant et après la
guerre de trente ans, tous les hérétiques de
la Bohême, et en particulier ceux qui se trou-
vaient au château des Géants, malgré l'ex-
ploration minutieuse que notre chapelain a
faite dans tous les coins après la mort de
ma tante Wanda, il doit être resté, dans
quelque cachette ignorée de tout le monde,
des documents historiques du temps des Hussites, et qu'Albert les a retrouvés. Il pense
que la lecture de ces dangereux papiers aura
vivement frappé son imagination malade, et
qu'il attribue naïvement à des souvenirs
merveilleux d'une existence antérieure sur
la terre l'impression qu'il a reçue de plu-

sieurs détails ignorés aujourd'hui, mais con-
signés et rapportés avec exactitude dans ces
manuscrits. Par là s'expliquent naturellement tous les contes qu'il nous a fait, et ses
disparitions inexplicables durant des journées et des semaines entières ; car il est bon
de vous dire que ce fait-là s'est renouvelé
plusieurs fois, et qu'il est impossible de sup-
poser qu'il se soit accompli hors du château.
Toutes les fois qu'il a disparu ainsi, il est
resté introuvable, et nous sommes certains
qu'aucun paysan ne lui a jamais donné asile
ni nourriture. Nous savons déjà qu'il a des
accès de léthargie qui le retiennent enfermé
dans sa chambre des journées entières.
Quand on enfonce les portes, et qu'on s'agite
autour de lui, il tombe en convulsions. Aussi
s'en garde-t-on bien désormais. On le laisse
en proie à son extase. Il se passe dans son
esprit à ces moments-là des choses extraor-

dinaires; mais aucun bruit, aucune agitation extérieure ne les trahissent : ses discours seuls nous les apprennent plus tard.
Lorsqu'il en sort, il paraît soulagé et rendu à
la raison; mais peu à peu l'agitation revient
et va croissant jusqu'au retour de l'accablement. Il semble qu'il pressente la durée de
ces crises ; car, lorsqu'elles doivent être
longues, il s'en va au loin, ou se réfugie
dans cette cachette présumée, qui doit être
quelque grotte de la montagne ou quelque
cave du château, connue de lui seul. Jusqu'ici
on n'a pu le découvrir. Cela est d'autant plus
difficile qu'on ne peut le surveiller, et qu'on
le rend dangereusement malade quand on
veut le suivre, l'observer, ou seulement l'interroger. Aussi a-t-on pris le parti de le
laisser absolument libre, puisque ces ab-
sences, si effrayantes pour nous dans les
commencements, nous nous sommes habi-

tués à les regarder comme des crises favorables dans sa maladie. Lorsqu'elles arrivent, ma tante souffre et mon oncle prie ; mais personne ne bouge ; et quant à moi, je vous avoue que je me suis beaucoup endurcie à cet égard-là. Le chagrin a amené l'ennui et le dégoût. J'aimerais mieux mourir que d'épouser ce maniaque. Je lui reconnais de grandes qualités ; mais quoiqu'il vous semble que je ne dusse tenir aucun compte de ses travers, puisqu'ils sont le fait de son mal, je vous avoue que je m'en irrite comme d'un fléau dans ma vie et dans celle de ma famille.

— Cela me semble un peu injuste, chère baronne, dit Consuelo. Que vous répugniez à devenir la femme du comte Albert, je le conçois fort bien à présent ; mais que votre intérêt se retire de lui, je ne le conçois pas.

— C'est que je ne puis m'ôter de l'esprit qu'il y a quelque chose de volontaire dans la folie de ce pauvre homme. Il est certain qu'il a beaucoup de force dans le caractère, et que, dans mille occasions, il a beaucoup d'empire sur lui-même. Il sait retarder à son gré l'invasion de ses crises. Je l'ai vu les maîtriser avec puissance quand on semblait disposé à ne pas les prendre au sérieux. Au contraire, quand il nous voit disposés à la crédulité et à la peur, il a l'air de vouloir faire de l'effet sur nous par ses extravagances, et il abuse de la faiblesse qu'on a pour lui. Voilà pourquoi je lui en veux, et demande souvent à son patron Belzébuth de venir le chercher une bonne fois pour nous en débarrasser.

— Voilà des plaisanteries bien cruelles, dit Consuelo, à propos d'un homme si malheureux, et dont la maladie mentale me semble plus poétique et plus merveilleuse que repoussante.

— A votre aise, chère Porporina! reprit Amélie. Admirez tant que vous voudrez ces sorcelleries, si vous pouvez y croire. Mais je fais devant ces choses-là comme notre chapelain, qui recommande son âme à Dieu et s'abstient de comprendre; je me réfugie dans le sein de la raison, et je me dispense d'expliquer ce qui doit avoir une interprétation tout-à-fait naturelle, ignorée de nous jusqu'à présent. La seule chose certaine dans cette malheureuse destinée de mon cousin, c'est que sa raison, à lui, a complètement plié bagage, que l'imagination a déplié dans sa cervelle des ailes si larges que la boîte se brise. Et puisqu'il faut parler net, et dire le mot que mon pauvre oncle Christian a été forcé d'articuler en pleurant aux genoux de l'impératrice Marie-Thérèse, la-

quelle ne se paie pas de demi-réponses et de
demi-affirmations, en trois lettres, Albert de
Rudolstadt est fou ; aliéné, si vous trouvez
l'épithète plus décente.

Consuelo ne répondit que par un profond
soupir. Amélie lui semblait en cet instant
une personne haïssable et un cœur de fer.
Elle s'efforça de l'excuser à ses propres yeux,
en se représentant tout ce qu'elle devait
avoir souffert depuis dix-huit mois d'une vie
si triste et remplie d'émotions si multipliées.
Puis, en faisant un retour sur son propre
malheur : — Ah! que ne puis-je mettre les
fautes d'Anzoleto sur le compte de la folie!
pensa-t-elle. S'il fût tombé dans le délire au
milieu des enivrements et des déceptions de
son début, je sens, moi, que je ne l'en aurais
pas moins aimé; et je ne demanderais qu'à
le savoir infidèle et ingrat par démence,

pour l'adorer comme auparavant et pour
voler à son secours !

Quelques jours se passèrent sans qu'Albert donnât par ses manières ou ses discours
la moindre confirmation aux affirmations de
sa cousine sur le dérangement de son esprit.
Mais, un beau jour, le chapelain l'ayant
contrarié sans le vouloir, il commença à
dire des choses très incohérentes; et comme
s'il s'en fût aperçu lui-même, il sortit brusquement du salon et courut s'enfermer dans
sa chambre. On pensait qu'il y resterait long-
temps; mais, une heure après, il rentra, pâle
et languissant, se traîna de chaise en chaise,
tourna autour de Consuelo sans paraître
faire plus d'attention à elle que les autres
jours, et finit par se réfugier dans l'embrasure profonde d'une fenêtre, où il appuya sa
tête sur ses mains et resta complètement
immobile.

C'était l'heure de la leçon de musique d'A-
mélie, et elle désirait la prend e, afin, disait-elle tout bas à Consuelo, de chasser
cette sinistre figure qui lui ôtait toute sa
gaîté et répandait dans l'air une odeur sé-
pulcrale. — Je crois, lui répondit Consuelo,
que nous ferions mieux de monter dans votre
chambre ; votre épinette suffira bien pour
accompagner. S'il est vrai que le comte Albert n'aime pas la musique, pourquoi aug-
menter ses souffrances, et par suite celle de
ses parents? Amélie se rendit à la dernière
considération, et elles montèrent ensemble
à leur appartement, dont elles laissèrent la
porte ouverte, parce qu'elles y trouvèrent
un peu de fumée. Amélie voulut faire à sa
tête, comme à l'ordinaire, en chantant des
cavatines à grand effet ; mais Consuelo, qui
commençait à se montrer sévère, lui fit essayer des motifs fort simples et fort sérieux

extraits des chants religieux de Palestrina.
La jeune baronne bâilla, s'impatienta, et déclara cette musique barbare et soporifique.

— C'est que vous ne la comprenez pas, dit
Consuelo. Laissez-moi vous en faire entendre quelques phrases pour vous montrer
qu'elle est admirablement écrite pour la
voix, outre qu'elle est sublime de pensées et
d'intentions.

Elle s'assit à l'épinette, et commença à se
faire entendre. C'était la première fois
qu'elle éveillait autour d'elle les échos du
vieux château; et la sonorité de ces hautes et
froides murailles lui causa un plaisir auquel
elle s'abandonna. Sa voix, muette depuis
longtemps, depuis le dernier soir qu'elle
avait chanté à San-Samuel, et qu'elle s'y
était évanouie brisée de fatigue et de douleur, au lieude souffrir detant desouffrances
et d'agitations, était plus belle, plus prod-

gieuse, plus pénétrante que jamais. Amélie
en fut à la fois ravie et consternée. Elle comprenait enfin qu'elle ne savait rien, et peut-
être qu'elle ne pourrait jamais rien apprendre, lorsque la figure pâle et pensive d'Albert se montra tout-à-coup en f ce des deux
jeunes filles, au milieu de la chambre, et resta
immobile et singulièrement attendrie jusqu'à
la fin du morceau. C'est alors seulement que
Consuelo l'aperçut, et en fut un peu effrayée.
Mais Albert, pliant les deux genoux et levant
vers elle ses grands yeux noirs ruisselants de
larmes, s'écria en espagnol sans le moindre
accent germanique :

— O Consuelo, Consuelo! te voilà donc
enfin trouvée!

— Consuelo? s'écria la jeune fille interdite, en s'exprimant dans la même langue.
Pourquoi, seigneur, m'appelez-vous ainsi?

— Je t'appelle consolation, reprit Albert

toujours en espagnol, parce qu'une consolation a été promise à ma vie désolée, et parce
que tu es la consolation que Dieu accorde
enfin à mes jours solitaires et funestes.

— Je ne croyais pas, dit Amélie avec une
fureur concentrée, que la musique pût faire
un effet si prodigieux sur mon cher cousin.
La voix de Nina est faite pour accomplir des
miracles, j'en conviens ; mais je ferai remarquer à tous deux qu'il serait plus poli pour
moi, et plus convenable en général, de s'exprimer dans une langue que je puisse comprendre.

Albert ne parut pas avoir entendu un mot
de ce que disait sa fiancée. Il restait à genoux, regardant Consuelo avec une surprise
et un ravissement indicibles, lui répétant
toujours d'une voix attendrie : — Consuelo,
Consuelo !

— Mais comment donc vous appelle-t-il ?

dit Amélie avec un peu d'emportement à sa
compagne.

— Il me demande un air espagnol que je
ne connais pas, répondit Consuelo fort troublée ; mais je crois que nous ferons bien d'en
rester là, car la musique paraît l'émouvoir
beaucoup aujourd'hui. Et elle se leva pour
sortir.

— Consuelo, répéta Albert en espagnol,
si tu te retires de moi, c'en est fait de ma vie,
et je ne veux plus revenir sur la terre! En
parl.nt ainsi, il tomba évanoui à ses pieds;
et les deux jeunes filles, effrayées, appe-
lèrent les valets pour l'emporter et le se-
courir.

14

Le comte Albert fut déposé doucement sur
son lit; et tandis que les deux domestiques
qui l'y avaient transporté cherchaient l'un
le chapelain, qui était une manière de médecin pour la famille, l'autre le comte Christian, qui avait donné l'ordre qu'on vînt tou-

jours l'avertir à la moindre indisposition
qu'éprouverait son fils, les deux jeunes filles,
Amélie et Consuelo, s'étaient mises à la re-
cherche de la chanoinesse. Mais avant
qu'une seule de ces personnes se fût rendue
auprès du malade, ce qui se fit pourtant avec
le plus de célérité possible, Albert avait disparu. On trouva sa porte ouverte, son lit à
peine foulé par le repos d'un instant qu'il y
avait pris, et sa chambre dans l'ordre accou-
tumé. On le chercha partout, et, comme il
arrivait toujours en ces sortes de circonstances, on ne le trouva nulle part; après
quoi la famille retomba dans un des accès de
morne résignation dont Amélie avait parlé à
Consuelo, et l'on parut attendre, avec cette
muette terreur qu'on s'était habitué à ne
plus exprimer, le retour, toujours espéré
et toujours incertain, du fantasque jeune
homme.

Bien que Consuelo eût désiré ne pas faire
part aux parents d'Albert de la scène étrange
qui s'était passée dans la chambre d'Amélie,
cette dernière ne manqua pas de tout raconter, et de décrire sous de vives couleurs l'effet subit et violent que le chant de la Porporina avait produit sur son cousin. — Il est
donc bien certain que la musique lui fait du
mal ! observa le chapelain.

— En ce cas, répondit Consuelo, je me
garderai bien de me faire entendre ; et lorsque je travaillerai avec notre jeune baronne,
nous aurons soin de nous enfermer si bien,
qu'aucun son ne puisse parvenir à l'oreille
du comte Albert.

— Ce sera une grande gêne pour vous,
ma chère demoiselle, dit la chanoinesse. Ah !
il ne tient pas à moi que votre séjour ici ne
soit plus agréable !

— J'y veux partager vos peines et vos

joies, reprit Consuelo, et je ne désire pas
d'autre satisfaction que d'y être associée par
votre confiance et votre amitié.

— Vous êtes une noble enfant! dit la chanoinesse en lui tendant sa longue main, sè-
che et luisante comme de l'ivoire jaune. Mais
écoutez, ajouta-t-elle; je ne crois pas que la
musique fasse réellement du mal à mon cher
Albert. D'après ce que raconte Amélie de la
scène de ce matin, je vois au contraire qu'il a
éprouvé une joie trop vive; et peut-être sa
souffrance n'est venue que de la suspension,
trop prompte à son gré, de vos admirables
mélodies. Que vous disait-il en espagnol?
C'est une langue qu'il parle parfaitement
bien, m'a-t-on dit, ainsi que beaucoup d'autres qu'il a apprises dans ses voyages avec
une facilité surprenante. Quand on lui demande comment il a pu retenir tant de lan-
gages différents, il répond qu'il les savait

avant d'être né, et qu'il ne fait que se les rappeler, l'une pour l'avoir parlée il y a douze
cents ans, l'autre lorsqu'il était aux croi-
sades; que sais-je? hélas! Puisqu'on ne doit
rien vous cacher, chère signora, vous enten-
drez d'étranges récits de ce qu'il appelle ses
existences antérieures. Mais traduisez-moi
dans notre allemand, que déjà vous parlez
très bien, le sens des paroles qu'il vous a
dites dans votre langue, qu'aucun de nous ici
ne connaît.

Consuelo éprouva en cet instant un embarras dont elle-même ne put se rendre
compte. Cependant elle prit le parti de dire
presque toute la vérité, en expliquant que le
comte Albert l'avait suppliée de continuer,
de ne pas s'éloigner, et en lui disant qu'elle
lui donnait beaucoup de consolation.

— Consolation! s'écria la perspicace Amélie. S'est-il servi de ce mot? Vous savez, ma

tante, combien il est significatif dans la bouche de mon cousin.

— En effet, c'est un mot qu'il a bien souvent sur les lèvres, répondit Wenceslawa, et
qui a pour lui un sens prophétique; mais je
ne vois rien en cette rencontre que de fort
naturel dans l'emploi d'un pareil mot.

— Mais quel est donc celui qu'il vous a
répété tant de fois, chère Porporina? reprit
Amélie avec obstination. Il m'a semblé qu'il
vous disait à plusieurs reprises un mot particulier, que dans mon trouble je n'ai pu retenir.

— Je ne l'ai pas compris moi-même, répondit Consuelo en faisant un grand effort
sur elle-même pour mentir.

— Ma chère Nina, lui dit Amélie à l'o-
reille, vous êtes fine et prudente; quant à
moi, qui ne suis pas tout à fait bornée, je
crois très bien comprendre que vous êtes la

consolation mystique promise par la vision à la trentième année d'Albert. N'essayez pas de me cacher que vous l'avez compris encore mieux que moi : c'est une mission céleste dont je ne suis pas jalouse.

— Ecoutez, chère Porporina, dit la chanoinesse après avoir rêvé quelques instants : nous avons toujours pensé qu'Albert, lorsqu'il disparaissait pour nous d'une façon qu'on pourrait appeler magique, était caché non loin de nous, dans la maison peut-être, grâce à quelque retraite dont lui seul aurait le secret. Je ne sais pourquoi il me semble que si vous vous mettiez à chanter en ce moment, il l'entendrait et viendrait à nous.

— Si je le croyais !... dit Consuelo prête à obéir.

— Mais si Albert est près de nous et que l'effet de la musique augmente son délire ! remarqua la jalouse Amélie.

— Eh bien, dit le comte Christian, c'est
une épreuve qu'il faut tenter. J'ai ouï dire
que l'incomparable Farinelli avait le pouvoir de dissiper par ses chants la noire mélancolie du roi d'Espagne, comme le jeune
David avait celui d'apaiser les fureurs de
Saül, au son de sa harpe. Essayez, généreuse
Porporina ; une âme aussi pure que la vôtre
doit exercer une salutaire influence autour
d'elle.

Consuelo, attendrie, se mit au clavecin, et
chanta un cantique espagnol en l'honneur de
Notre-Dame-de-Consolation, que sa mère
lui avait appris dans son enfance, et qui commençait par ces mots : *Consuelo de mi alma*,
« Consolation de mon âme, » etc. Elle chanta
d'une voix si pure et avec un accent de
piété si naïve, que les hôtes du vieux manoir
oublièrent presque le sujet de leur préoccupation, pour se livrer au sentiment de l'espé-

rance et de la foi. Un profond silence régnait
au dedans et au dehors du château; on
avait ouvert les portes et les fenêtres, afin
que la voix de Consuelo pût s'étendre aussi
loin que possible, et la lune éclairait d'un re-
flet verdâtre l'embrasure des vastes croisées.
Tout était calme, et une sorte de sérénité religieuse succédait aux angoisses de l'âme,
lorsqu'un profond soupir exhalé comme
d'une poitrine humaine vint répondre aux
derniers sons que Consuelo fit entendre. Ce
soupir fut si distinct et si long, que toutes les
personnes présentes s'en aperçurent, même
le baron Frédérick, qui s'éveilla à demi, et
tourna la tête comme si quelqu'un l'eût appelé. Tous pâlirent, et se regardèrent comme
pour se dire : Ce n'est pas moi; est-ce vous?
Amélie ne put retenir un cri, et Consuelo, à
qui ce soupir sembla partir tout à côté d'elle,
quoiqu'elle fût isolée au clavecin du reste de

la famille, éprouva une telle frayeur qu'elle
n'eut pas la force de dire un mot.

— Bonté divine! dit la chanoinesse terrifiée; avez-vous entendu ce soupir qui semble
partir des entrailles de la terre ?

—Dites plutôt, ma tante, s'écria Amélie,
qu'il a passé sur nos têtes comme un souffle
de la nuit.

— Quelque chouette attirée par la bougie
aura traversé l'appartement tandis que nous
étions absorbés par la musique, et nous avons
entendu le bruit léger de ses ailes au moment
où elle s'envolait par la fenêtre. Telle fu
l'opinion émise par le chapelain, dont les
dents claquaient pourtant de peur.

—C'est peut-être le chien d'Albert, dit le
comte Christian.

— Cynabre n'est point ici, répondit Amélie. Là où est Albert, Cynabre y est toujours
avec lui. Quelqu'un a soupiré ici étrange-

ment. Si j'osais aller jusqu'à la fenêtre, je verrais si quelqu'un a écouté du jardin ; mais il irait de ma vie que je n'en aurais pas la force.

— Pour une personne aussi dégagée des préjugés, lui dit tout bas Consuelo en s'efforçant de sourire, pour une petite philosophe française, vous n'êtes pas brave, ma chère baronne; moi, je vais essayer de l'être davantage.

— N'y allez pas, ma chère, répondit tout haut Amélie, et ne faites pas la vaillante ; car vous êtes pâle comme la mort, et vous allez vous trouver mal.

— Quels enfantillages amusent votre chagrin, ma chère Amélie, dit le comte Christian en se dirigeant vers la fenêtre d'un pas grave et ferme. Il regarda dehors, ne vit personne, et il ferma la fenêtre avec calme, en disant : Il semble que les maux réels ne

soient pas assez cuisants pour l'ardente imagination des femmes ; il faut toujours qu'elles
y ajoutent les créatures de leur cerveau
trop ingénieux à souffrir. Ce soupir n'a certainement rien de mystérieux. Un de nous,
attendri par la belle voix et l'immense talent
de la signora, aura exhalé, à son propre insu,
cette sorte d'exclamation du fond de son
âme. C'est peut-être moi-même, et pourtant
je n'en ai pas eu conscience. Ah ! Porpina !
si vous ne réussissez point à guérir Albert,
du moins vous saurez verser un baume céleste sur des blessures aussi profondes que les
siennes.

La parole de ce saint vieillard, toujours
sage et calme au milieu des adversités domestiques qui l'accablaient, était elle-même
un baume céleste, et Consuelo en ressentit
l'effet. Elle fut tentée de se mettre à genoux
devant lui, et de lui demander sa bénédic-

tion, comme elle avait reçu celle du Porpora en le quittant, et celle de Marcello un
beau jour de sa vie, qui avait commencé la
série de ses jours malheureux et solitaires.

51

Plusieurs jours s'écoulèrent sans qu'on eût aucune nouvelle du comte Albert; et Consuelo, à qui cette situation semblait mortellement sinistre, s'étonna de voir la famille de Rudolstadt rester sous le poids d'une si affreuse incertitude, sans témoigner ni déses-

poir ni impatience. L'habitude des plus
cruelles anxiétés donne une sorte d'apathie
apparente ou d'endurcissement réel, qui
blessent et irritent presque les âmes dont la
sensibilité n'est pas encore émoussée par de
longs malheurs. Consuelo, en proie à une
sorte de cauchemar, au milieu de ces impressions lugubres et de ces évènements inexplicables, s'étonnait de voir l'ordre de la maison à peine troublé, la chanoinesse toujours
aussi vigilante, le baron toujours aussi ar-
dent à la chasse, le chapelain toujours aussi
régulier dans ses mêmes pratiques de dévotion, et Amélie toujours aussi gaie et aussi
railleuse. La vivacité enjouée de cette dernière était ce qui la scandalisait particuliére-
ment. Elle ne concevait pas qu'elle pût rire
et folâtrer, lorsqu'elle-même pouvait à peine
lire et travailler à l'aiguille.

La chanoinesse cependant brodait un de-

vant d'autel en tapisserie pour la chapelle
du château. C'était un chef-d'œuvre de patience, de finesse, et de propreté. A peine
avait-elle fait un tour dans la maison, qu'elle
revenait s'asseoir devant son métier, ne fût-
ce que pour y ajouter quelques points, en
attendant que de nouveaux soins l'appelas-
sent dans les granges, dans les offices, ou
dans les celliers. Et il fallait voir avec quelle
importance on traitait toutes ces petites
choses, et comme cette chétive créature trot-
tait d'un pas toujours égal, toujours digne et
compassé, mais jamais rallenti, dans tous
les coins de son petit empire ; croisant mille
fois par jour et dans tous les sens la surface
étroite et monotone de son domaine domestique. Ce qui paraissait étrange aussi à Consuelo, c'était le respect et l'admiration qui s'at-
tachaient dans la famille et dans le pays à cet
emploi de servante infatigable, que la vieille

dame semblait avoir embrassé avec tant d'amour et de jalousie. A la voir régler parcimonieusement les plus chétives affaires, on l'eût crue cupide et méfiante. Et pourtant elle était pleine de grandeur et de générosité dans le fond de son âme et dans les occasions décisives. Mais ces nobles qualités, surtout cette tendresse toute maternelle, qui la rendaient si sympathique et si vénérable aux yeux de Consuelo, n'eussent pas suffi aux autres pour en faire l'héroïne de la famille. Il lui fallait encore, il lui fallait surtout toutes ces puérilités du ménage gouvernées solennellement, pour être appréciée ce qu'elle était (malgré tout cela), une femme d'un grand sens et d'un grand caractère. Il ne se passait pas un jour sans que le comte Christian, le baron ou le chapelain, ne répétassent chaque fois qu'elle tournait les talons : « Quelle sagesse, quel courage, quelle

force d'esprit résident dans la chanoinesse ! »
Amélie elle-même, ne discernant pas la véritable élévation de la vie d'avec les enfantillages qui, sous une autre forme, remplis-
saient toute la sienne, n'osait pas dénigrer
sa tante sous ce point de vue, le seul qui,
pour Consuelo, fît une ombre à cette vive
lumière dont rayonnait l'âme pure et ai-
mante de la bossue Wenceslawa. Pour la
Zingarella, née sur les grands chemins, et
perdue dans le monde, sans autre maître et
sans autre protecteur que son propre génie,
tant de soucis, d'activité et de contention
d'esprit, à propos d'aussi misérables résul-
tats que la conservation et l'entretien de
certains objets et certaines denrées, paraissait un emploi monstrueux de l'intelligence.
Elle qui ne possédait rien, et ne désirait rien
des richesses de la terre, elle souffrait de
voir une belle âme s'atrophier volontaire-

mént dans l'occupation de posséder du blé,
du vin, du bois, du chanvre, des animaux et
des meubles. Si on lui eût offert tous ces
biens convoités par la plupart des hommes,
elle eût demandé, à la place, une minute de
son ancien bonheur, ses haillons, son beau
ciel, son pur amour et sa liberté sur les lagunes de Venise ; souvenir amer et précieux
qui se peignait dans son cerveau sous les plus
brillantes couleurs, à mesure qu'elle s'éloi-
gnait de ce riant horizon pour pénétrer dans
la sphère glacée de ce qu'on appelle la vie
positive.

Son cœur se serrait affectueusement lorsqu'elle voyait, à la nuit tombante, la chanoinesse, suivie de Hanz, prendre un gros trous-
seau de clés, et marcher elle même dans tous
les bâtiments et dans toutes les cours, pour
faire sa ronde, pour fermer les moindres is-
sues, pour visiter les moindres recoins où des

·malfaiteurs eussent pu se glisser, comme si personne n'eût dû dormir en sûreté derrière ces murs formidables, avant que l'eau du torrent prisonnier derrière une écluse voisine ne se fût élancée en mugissant dans les fossés du château. tandis qu'on cadenassait les grilles et qu'on relevait les ponts. Consuelo avait dormi tant de fois, dans ses courses lointaines, sur le bord d'un chemin, avec un pan du manteau troué de sa mère pour tout abri! Elle avait tant de fois salué l'aurore sur les dalles blanches de Venise, battues par les flots, sans avoir eu un instant de crainte pour sa pudeur, la seule richesse qu'elle eût à cœur de conserver! Hélas! se disait-elle, que ces gens-ci sont à plaindre d'avoir tant de choses à garder! La sécurité est le but qu'ils poursuivent jour et nuit, et, à force de la chercher, ils n'ont ni le temps de la trouver, ni celui d'en jouir. Elle soupi-

rait donc déjà comme Amélie dans cette
noire prison, dans ce morne château des
Géants, où le soleil lui-même semblait craindre de pénétrer. Mais au lieu que la jeune
baronne rêvait de fêtes, de parures et d'hom-
mages, Consuelo rêvait d'un sillon, d'un
buisson ou d'une barque pour palais, avec
l'horizon pour toute enceinte, et l'immensité
des cieux étoilés pour tout spectacle.

Forcée par le froid du climat et par la clô-
ture du château à changer l'habitude vénitienne qu'elle avait prise de veiller une partie de la nuit et de se lever tard le matin,
après bien des heures d'insomnie, d'agitation, et de rêves lugubres, elle réussit enfin
à se plier à la loi sauvage de la claustra-
tion; et elle s'en dédommagea en hasardant
seule quleques promenades matinales dans
les montagnes voisines. On ouvrait les portes
et on baissait les ponts aux premières clartés

du jour; et tandis qu'Amélie, occupée une partie de la nuit à lire des romans en cachette, dormait jusqu'à l'appel de la cloche du déjeûner, la Porporina allait respirer l'air libre et fouler les plantes humides de la forêt.

Un matin qu'elle descendait bien doucement sur la pointe du pied pour n'éveiller personne, elle se trompa de direction dans les innombrables escaliers et dans les interminables corridors du château, qu'elle avait encore de la peine à comprendre. Égarée dans ce labyrinthe de galeries et de passages, elle traversa une sorte de vestibule qu'elle ne connaissait pas, et crut trouver par là une sortie sur les jardins. Mais elle n'arriva qu'à l'entrée d'une petite chapelle d'un beau style ancien, à peine éclairée en haut par une rosace dans la voûte, qui jetait une lueur blafarde sur le milieu du pavé, et lais-

sait le fond dans un vague mystérieux. Le
soleil était encore sous l'horizon, la matinée
grise et brumeuse. Consuelo crut d'abord
qu'elle était dans la chapelle du château, où
déjà elle avait entendu la messe un diman-
che. Elle savait que cette chapelle donnait
sur les jardins ; mais avant de la traverser
pour sortir, elle voulut saluer le sanctuaire
de la prière, et s'agenouilla sur la première
dalle. Cependant, comme il arrive souvent
aux artistes de se laisser préoccuper par les
objets extérieurs en dépit de leurs tentatives
pour remonter dans la sphère des idées abs-
traites, sa prière ne put l'absorber assez
pour l'empêcher de jeter un coup d'œil cu-
rieux autour d'elle ; et bientôt elle s'aperçut qu'elle n'était pas dans la chapelle, mais
dans un lieu où elle n'avait pas encore pénétré. Ce n'était ni le même vaisseau ni les
mêmes ornements. Quoique cette chapelle

inconnue fût assez petite, on distinguait encore mal les objets, et ce qui frappa le plus
Consuelo fut une statue blanchâtre, agenouillée vis à vis de l'autel, dans l'attitude
froide et sévère qu'on donnait jadis à toutes
celles dont on décorait les tombeaux. Elle
pensa qu'elle se trouvait dans un lieu réservé
aux sépultures de quelques aïeux d'élite; et,
devenue un peu craintive et superstitieuse
depuis son séjour en Bohème, elle abrégea
sa prière et se leva pour sortir.

Mais au moment où elle jetait un dernier
regard timide sur cette figure agenouillée à
dix pas d'elle, elle vit distinctement la statue
disjoindre ses deux mains de pierre alongées
l'une contre l'autre, et faire lentement un
grand signe de croix en poussant un profond
soupir.

Consuelo faillit tomber à la renverse, et
cependant elle ne put détacher ses yeux ha-

gards de la terrible statue. Ce qui la confir-
mait dans la croyance que c'était une figure
de pierre, c'est qu'elle ne sembla pas entendre le cri d'effroi que Consuelo laissa échapper, et qu'elle remit ses deux grandes mains
blanches l'une contre l'autre, sans paraître
avoir le moindre rapport avec le monde extérieur.

16

Si l'ingénieuse et féconde Anne Radcliffe se fût trouvée à la place du candide et maladroit narrateur de cette très véridique histoire, elle n'eût pas laissé échapper une si bonne occasion de vous promener, madame la lectrice, à travers les corridors, les trap-

pes, les escaliers en spirale, les ténèbres et
les souterrains pendant une demi-douzaine
de beaux et attachants volumes, pour vous
révéler, seulement au septième, tous les ar-
canes de son œuvre savante. Mais la lectrice
esprit fort que nous avons charge de diver-
tir ne prendrait peut-être pas aussi bien, au
temps où nous sommes, l'innocent strata-
gème du romancier. D'ailleurs, comme il serait fort difficile de lui en faire accroire, nous
lui dirons, aussi vite que nous le pourrons, le
mot de toutes nos énigmes. Et pour lui en
confesser deux d'un coup, nous lui avoue-
rons que Consuelo, après deux secondes de
sang-froid, reconnut, dans la statue animée
qu'elle avait devant les yeux, le vieux comte
Christian qui récitait mentalement ses
prières du matin dans son oratoire; et dans
ce soupir de componction qui venait de lui
échapper à son insu, comme il arrive souvent

aux vieillards, le même soupir diabolique qu'elle avait cru entendre à son oreille un soir, après avoir chanté l'hymne de Notre-Dame-de-Consolation.

Un peu honteuse de sa frayeur, Consuelo resta enchaînée à sa place par le respect, et par la crainte de troubler une si fervente prière. Rien n'était plus solennel et plus touchant à voir que ce vieillard prosterné sur la pierre, offrant son cœur à Dieu au lever de l'aube, et plongé dans une sorte de ravissement céleste qui semblait fermer ses sens à toute perception du monde physique. Sa noble figure ne trahissait aucune émotion douloureuse. Un vent frais, pénétrant par la porte que Consuelo avait laissée entr'ouverte, agitait autour de sa nuque une demi-couronne de cheveux argentés; et son vaste front, dépouillé jusqu'au sommet du crâne, avait le luisant jaunâtre des vieux marbres.

Revêtu d'une robe de chambre de laine
blanche à l'ancienne mode, qui ressemblait
un peu à un froc de moine, et qui formait
sur ses membres amaigris de gros plis roides
et lourds, il avait tout l'air d'une statue de
tombeau ; et quand il eut repris son immobi-
lité, Consuelo fut encore obligée de le regarder à deux fois pour ne pas retomber dans
sa première illusion.

Après qu'elle l'eut considéré attentive-
ment, en se plaçant un peu de côté pour le
mieux voir, elle se demanda, comme malgré
elle, tout au milieu de son admiration et de
son attendrissement, si le genre de prière
que ce vieillard adressait à Dieu était bien
efficace pour la guérison de son malheureux
fils, et si une âme aussi passivement soumise
aux arrêts du dogme et aux rudes décrets de
la destinée avait jamais possédé la chaleur,
l'intelligence et le zèle qu'Albert aurait eu

besoin de trouver dans l'âme de son père.
Albert aussi avait une âme mystique : lui
aussi avait eu une vie dévote et contemplative ; mais, d'après tout ce qu'Amélie avait
raconté à Consuelo, d'après ce qu'elle avait
vu de ses propres yeux depuis quelques jours
passés dans le château, Albert n'avait jamais rencontré le conseil, le guide et l'ami
qui eût pu diriger son imagination, apaiser
la véhémence de ses sentiments, et attendrir
la rudesse brûlante de sa vertu. Elle comprenait qu'il avait dû se sentir isolé, et se
regarder comme étranger au milieu de cette
famille obstinée à le contredire ou à le plaindre en silence, comme un hérétique ou
comme un fou ; elle le sentait elle-même, à
l'espèce d'impatience que lui causait cette
impassible et interminable prière adressée
au ciel, comme pour se remettre à lui seul du
soin qu'on eût dû prendre soi-même de cher-

cher le fugitif, de le rejoindre, de le persuader, et de le ramener. Car il fallait de bien
grands accès de désespoir, et un trouble intérieur inexprimable, pour arracher ainsi un
jeune homme si affectueux et si bon du sein
de ses proches, pour le jeter dans un complet oubli de soi-même, et pour lui ravir
jusqu'au sentiment des inquiétudes et des
tourments qu'il pouvait causer aux êtres les
plus chers.

Cette résolution qu'on avait prise de ne jamais le contrarier, et de feindre le calme au
milieu de l'épouvante, semblait à l'esprit
ferme et droit de Consuelo une sorte de né-
gligence coupable ou d'erreur grossière. Il
y avait là l'espèce d'orgueil et d'égoïsme
qu'inspire une foi étroite aux gens qui con-
sentent à porter le bandeau de l'intolérance,
et qui croient à un seul chemin, rigidement
tracé par la main du prêtre, pour aller au

ciel. — Dieu bon! disait Consuelo en priant
dans son cœur ; cette grande âme d'Albert,
si ardente, si charitable, si pure de passions
humaines, serait-elle donc moins précieuse
à vos yeux que les âmes patientes et oisives
qui acceptent les injustices du monde, et
voient sans indignation la justice et la vérité
méconnues sur la terre? Etait-il donc inspiré
par le diable, ce jeune homme qui, dès son
enfance, donnait tous ses jouets et tous ses
ornements aux enfants des pauvres, et qui,
au premier éveil de la réflexion, voulait se
dépouiller de toutes ses richesses pour soulager les misères humaines? Et eux, ces
doux et bénévoles seigneurs, qui plaignent
le malheur avec des larmes stériles, et le
soulagent avec de faibles dons, sont-ils bien
sages de croire qu'ils vont gagner le ciel
avec des prières et des actes de soumission à
'empereur et au pape, plus qu'avec de gran-

des œuvres et d'immenses sacrifices? Non,
Albert n'est pas fou ; une voix me crie au
fond de l'âme que c'est le plus beau type du
juste et du saint qui soit sorti des mains de la
nature. Et si des rêves pénibles, des illusions
bizarres, ont obscurci la lucidité de sa raison,
s'il est devenu aliéné enfin, comme ils le
croient, c'est la contradiction aveugle, c'est
l'absence de sympathie, c'est la solitude du
cœur qui ont amené ce résultat déplorable.
J'ai vu la logette où le Tasse a été enfermé
comme fou, et j'ai pensé que peut-être il
n'était qu'exaspéré par l'injustice. J'ai entendu traiter de fous, dans les salons de Venise, ces grands saints du Christianisme dont
l'histoire touchante m'a fait pleurer et rêver
dans mon enfance : on appelait leurs miracles des jongleries, et leurs révélations des
songes maladifs. Mais de quel droit ces gens-
ci, ce pieux vieillard, cette timide chanoi-

nesse, qui croient aux m'racles des saints et
au génie des poètes, prononcent-ils sur leur
enfant cette sentence de honte et de réproba-
tion qui ne devrait s'attacher qu'aux infirmes
et aux scélérats? Fou! Mais c'est horrible et
repoussant, la folie! c'est un châtiment de
Dieu après les grands crimes; et à force de
vertu un homme deviendrait fou! Je croyais
qu'il suffisait de faiblir sous le poids d'un
malheur immérité pour avoir droit au respect autant qu'à la pitié des hommes. Et si
j'étais devenue folle, moi; si j'avais blas-
phémé le jour terrible où j'ai vu Anzoleto
dans les bras d'une autre, j'aurais donc perdu
tout droit aux conseils, aux encouragements, et aux soins spirituels de mes frères
les chrétiens? On m'eût donc chassée ou
laissée errante sur les chemins, en disant :
Il n'y a pas de remède pour elle; faisons-lui
l'aumône, et ne lui parlons pas; car pour

avoir trop souffert, elle ne peut plus rien comprendre? Eh bien, c'est ainsi qu'on traite ce malheureux comte Albert! On le nourrit, on l'habille, on le soigne, on lui fait, en un mot, l'aumône d'une sollicitude puérile. Mais on ne lui parle pas; on se tait quand il interroge, on baisse la tête ou on la détourne quand il cherche à persuader. On le laisse fuir quand l'horreur de la solitude l'appelle dans des solitudes plus profondes encore, et on attend qu'il revienne, en priant Dieu de le surveiller et de le ramener sain et sauf, comme si l'Océan était entre lui et les objets de son affection! Et cependant on pense qu'il n'est pas loin; on me fait chanter pour l'éveiller, s'il est en proie au sommeil léthargique dans l'épaisseur de quelque muraille ou dans le tronc de quelque vieux arbre voisin. Et l'on n'a pas su explorer tous les secrets de cette antique masure, on n'a

pas creusé jusqu'aux entrailles de ce sol
miné ! Ah ! si j'étais le père ou la tante d'Albert, je n'aurais pas laissé pierre sur pierre
avant de l'avoir retrouvé; pas un arbre de
la forêt ne serait resté debout avant de me
l'avoir rendu.

Perdue dans ses pensées, Consuelo était
sortie sans bruit de l'oratoire du comte Christian, et elle avait trouvé, sans savoir comment, une porte sur la campagne. Elle errait parmi les sentiers de la forêt, et cherchait les plus sauvages, les plus difficiles,
guidée par un instinct romanesque et plein
d'héroïsme qui lui faisait espérer de retrouver Albert. Aucun attrait vulgaire, aucune
ombre de fantaisie imprudente ne la portait
à ce dessein aventureux. Albert remplissait
son imagination, et occupait tous ses rêves,
il est vrai; mais à ses yeux ce n'était point un
jeune homme beau et enthousiasmé d'elle

qu'elle allait cherchant dans les lieux déserts,
pour le voir et se trouver seule avec lui;
c'était un noble infortuné qu'elle s'imaginait
pouvoir sauver ou tout au moins calmer par
la pureté de son zèle. Elle eût cherché de même
un vénérable ermite malade pour le soigner,
ou un enfant perdu pour le ramener à sa
mère. Elle était un enfant elle-même, et cependant il y avait en elle une révélation de
l'amour maternel; il y avait une foi naïve,
une charité brûlante, une bravoure exaltée.
Elle rêvait et entreprenait ce pélerinage,
comme Jeanne d'Arc avait rêvé et entrepris
la délivrance de sa patrie. Il ne lui venait
pas seulement à l'esprit qu'on pût railler ou
blâmer sa résolution; elle ne concevait pas
qu'Amélie, guidée par la voix du sang, et,
dans le principe, par les espérances de l'a-
mour. n'eût pas conçu le même projet, et
qu'elle n'eût pas réussi à l'exécuter.

Elle marchait avec rapidité ; aucun obsta-
cle ne l'arrêtait. Le silence de ces grands
bois ne portait plus la tristesse ni l'épouvante
dans son âme. Elle voyait la piste des loups
sur le sable, et ne s'inquiétait pas de rencontrer leur troupe affamée. Il lui semblait
qu'elle était poussée par une main divine qui
la rendait invulnérable. Elle qui savait le
Tasse par cœur, pour l'avoir chanté toutes
les nuits sur les lagunes, elle s'imaginait marcher à l'abri de son talisman, comme le généreux Ubalde à la reconnaissance de Re-
naud, à travers les embûches de la forêt en-
chantée. Elle marchait svelte et légère
parmi les ronces et les rochers, le front
rayonnant d'une secrète fierté, et les joues
colorées d'une légère rougeur. Jamais elle
n'avait été plus belle à la scène dans les rôles
héroïques ; et pourtant elle ne pensait pas
plus à la scène en cet instant qu'elle n'avait

pensé à elle-même en montant sur le théâtre.

De temps en temps elle s'arrêtait rêveuse
et recueillie. — Et si je venais à le rencontrer tout-à-coup, se disait-elle, que lui di-
rais-je qui pût le convaincre et le tranquilli-
ser? Je ne sais rien de ces choses mystérieuses
et profondes qui l'agitent. Je les comprends
à travers un voile de poésie qu'on a à peine
soulevé devant mes yeux, éblouis de visions
si nouvelles. Il faudrait avoir plus que le zèle
et la charité, il faudrait avoir la science et
l'éloquence pour trouver des paroles dignes
d'être écoutées par un homme si supérieur
à moi, par un fou si sage, auprès de tous les
êtres raisonnables au milieu desquels j'ai
vécu. Allons, Dieu m'inspirera quand le moment sera venu; car pour moi, j'aurais
beau chercher, je me perdrais de plus en
plus dans les ténèbres de mon ignorance.
Ah! si j'avais lu beaucoup de livres de reli-

gion et d'histoire, comme le comte Christian et la chanoinesse Wenceslawa! si je savais par cœur toutes les règles de la dévotion, et toutes les prières de l'Eglise, je trouverais bien à en appliquer heureusement quelqu'une à la circonstance; mais j'ai à peine compris, à peine retenu par conséquent quelques phrases du catéchisme, et je ne sais prier qu'au lutrin. Quelque sensible qu'il soit à la musique, je ne persuaderai pas ce savant théologien avec une cadence ou avec une phrase de chant. N'importe! il me semble qu'il y a plus de puissance dans mon cœur pénétré et résolu, que dans toutes les doctrines étudiées par ses parents, si bons et si doux, mais indécis et froids comme les brouillards et les neiges de leur patrie.

FIN DU SECOND VOLUME.

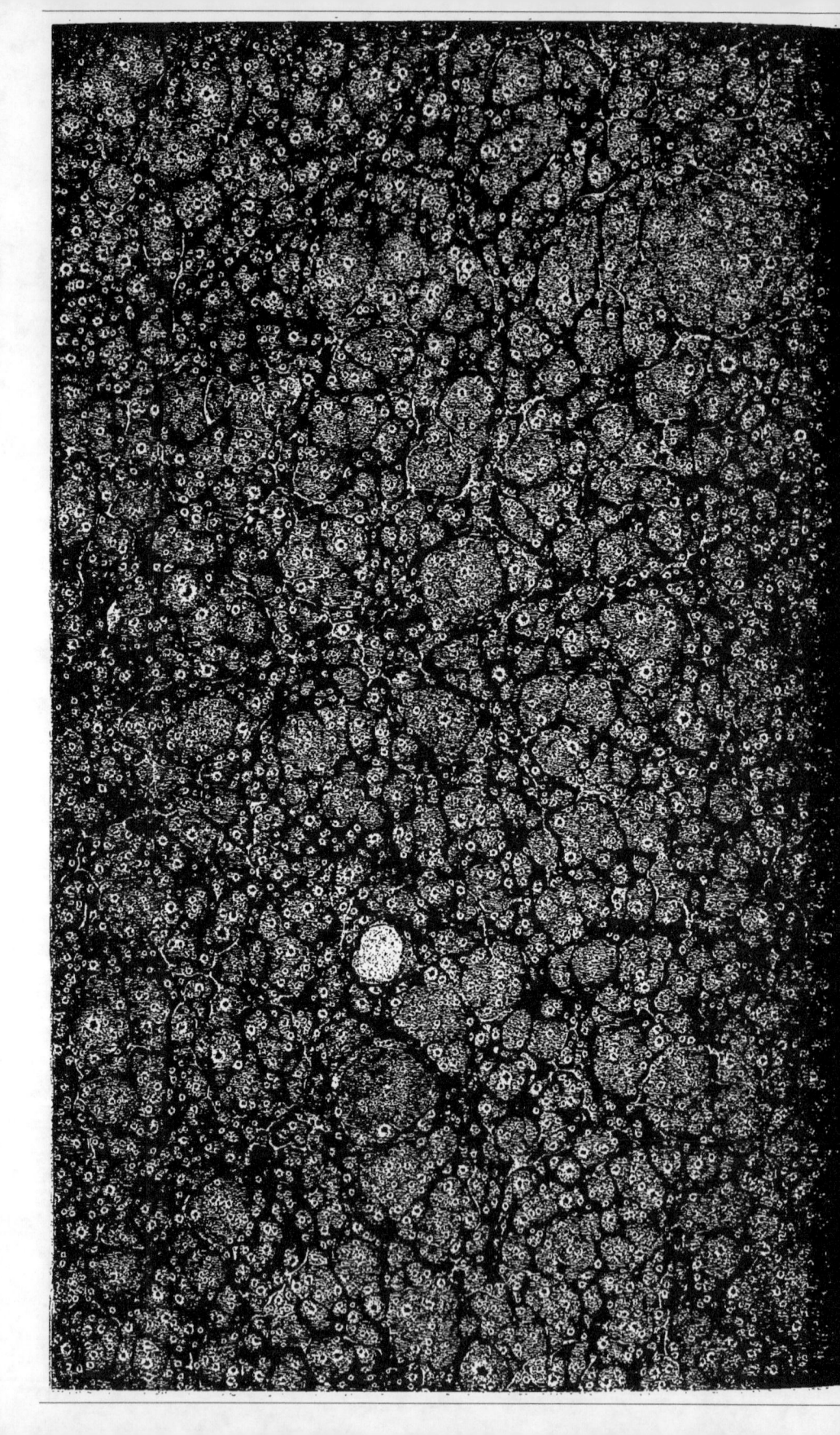

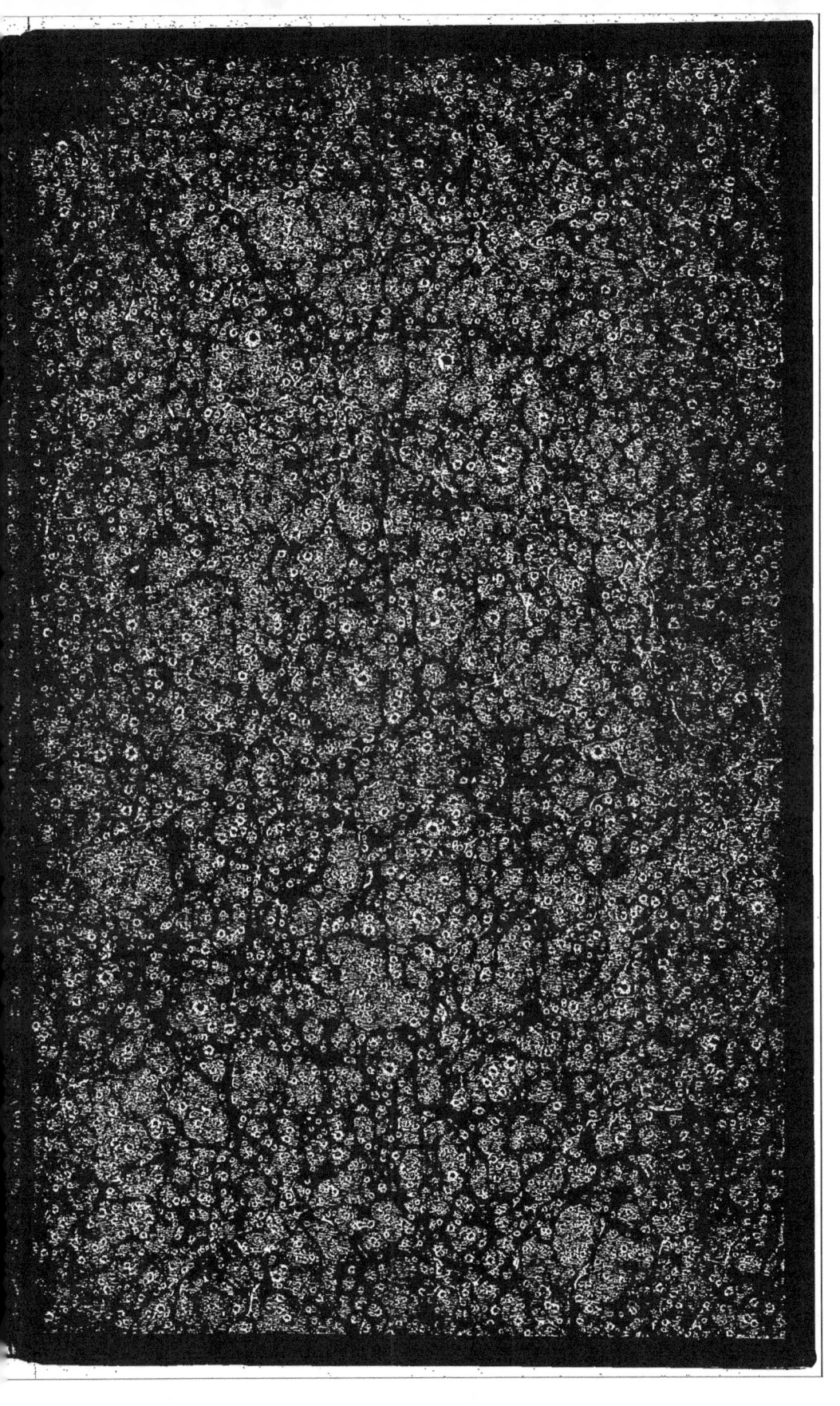

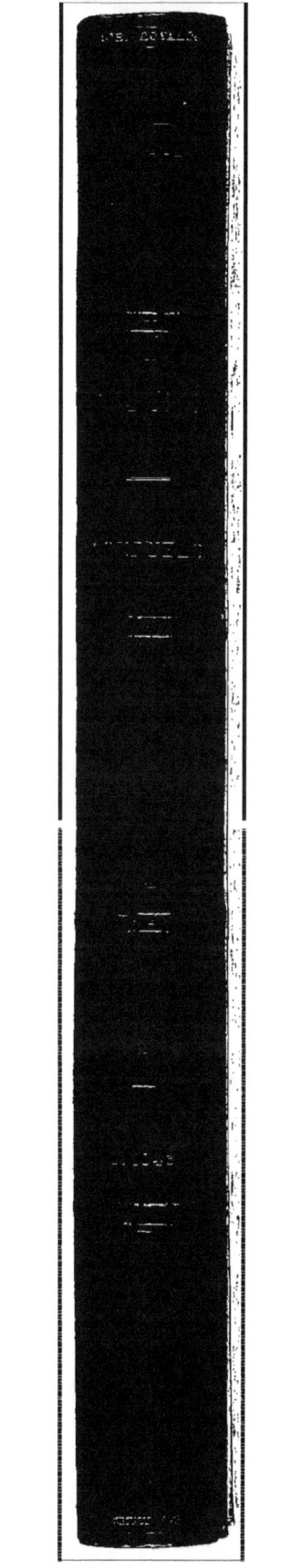